Les Éditions du Boréal
4447, rue Saint-Denis
Montréal (Québec) H2J 2L2
www.editionsboreal.qc.ca

UN ÉTÉ
À NO DAMN GOOD

Nathalie Petrowski

UN ÉTÉ
À NO DAMN GOOD

roman

Boréal

© Les Éditions du Boréal 2016
Dépôt légal : 1er trimestre 2016
Bibliothèque et Archives nationales du Québec

Diffusion au Canada : Dimedia
Diffusion et distribution en Europe : Volumen

*Catalogage avant publication de Bibliothèque et Archives nationales
du Québec et de Bibliothèque et Archives Canada*

Petrowski, Nathalie, 1954-

    Un été à No Damn Good

    ISBN 978-2-7646-2434-0

    I. Titre.

PS8581.E852E83   2016   C843'.54   C2016-940160-X

PS9581.E852E83   2016

ISBN PAPIER 978-2-7646-2434-0

ISBN PDF 978-2-7646-3434-9

ISBN EPUB 978-2-7646-4434-8

Le lézard au fond
de la piscine Kensington

Il est mort un samedi mais on l'a su après son enterrement : quatre jours plus tard. Dans ce temps-là, les nouvelles n'allaient pas vite. On pouvait passer des jours complets dans l'ignorance la plus crasse, à l'abri des pires catastrophes, en décalage horaire avec l'horreur, dans une sorte de réalité parallèle, à ne pas savoir, à ne pas se douter, protégés, insouciants. Et puis bang, tout à coup, ça vous explosait en plein visage, ça vous tombait dessus, ça vous jetait à terre, ça vous mettait à l'envers. Quoi ? Il est mort ? T'es malade ! C'est impossible. Impensable. Il ne peut pas être mort. C'est ce que j'ai crié à Marie-Thérèse. T'as dû mal entendre. Mal comprendre. Ça ne se peut pas : IL-NE-PEUT-PAS-ÊTRE-MORT. Pas lui. Pas ça. *No way!*

Marie-Thérèse a juré sur la tête de ses parents qu'il était mort. J'aurais préféré qu'elle jure sur la tête de Jeannot, son grand frère. Enfin, pas si grand que ça, le Jeannot, Jean-Philippe de son vrai nom. Pas si grand mais TELLEMENT beau avec ses yeux de velours noir, sa grosse tête de cheveux tout ébouriffés et sa fossette qui se creusait quand il souriait, ce qui était rare. La dernière fois que Jeannot Chevrier avait souri remontait à la révolution russe, révolution qu'il avait étudiée en long et en large dans son cours de philo ou de politique à l'université du peuple, mieux connue sous le nom de UQAM. Sérieux comme un pape, le Jeannot, depuis qu'il fréquentait l'Université du Québec à Montréal. Jure-moi sur la tête de Jeannot que ce n'est pas vrai, Marie-T. Jure-moi que mon héros, mon idole, mon roi, n'est pas mort.

Nous étions à la piscine Kensington, nommée ainsi en hommage à l'artère où elle avait été creusée : l'avenue de Kensington. Pas la chic et bourgeoise Kensington de Londres où Virginia Woolf elle-même a déjà vécu. Non. L'avenue de Kensington de No Damn Good – Notre-Dame-de-Grâce –, quartier anglophone montréalais, bien que fondé par des pionniers de langue française qui n'avaient pas tardé à y construire une église du même nom, inaugurée en 1853, un siècle avant la démocratisation des piscines.

Nous étions étendues sur nos serviettes humides, Élise et moi, au milieu du rectangle de béton de la piscine Kensington, la peau brûlée par un soleil dont on ne se méfiait pas et qui nous apparaissait encore sous ses habits frauduleux de grand bienfaiteur. Si quelqu'un dans ce temps-là savait que le soleil donnait le cancer de la peau, autant dire qu'il s'était bien gardé de l'annoncer.

Élise était couchée sur le dos et moi sur le ventre pour cacher mes trop gros jos de fille de quatorze ans déjà trop développée et dont les protubérances faisaient loucher les morveux de dix ans qui n'avaient jamais rien vu de leur vie. Des fois, pour me venger et les faire *freaker,* je leur lançais, aux petits morveux : « Eille, le cave, tu veux mon portrait ? »

Avec ses cheveux blonds vaporeux, ses yeux bleu piscine et son long corps de liane, Élise n'avait pas ces problèmes-là. Les morveux ne se moquaient pas de ses jos, ni de rien en fait. Elle était ben trop belle pour ça, Élise. Si elle n'avait pas été mon amie, je crois bien que j'aurais voulu la tuer, tellement elle était belle. Mais elle était mon amie, et l'amitié entre filles, comme le commerce entre les peuples, est le meilleur rempart contre la guerre. Celle des tranchées comme la nucléaire.

Depuis la fin des classes, on venait toutes les deux s'écraser sur le béton de la piscine Kensington assez souvent et la plupart du temps avec Marie-T., la sœur d'Élise, qui avait quinze ans et quatre mois, et au moins deux pouces de plus que nous. Elle aurait normalement dû être là à nos côtés ce jour-là, mais au moment du départ, elle nous avait informées avec une certaine désinvolture qu'elle était occupée à autre chose, tout en refusant de nous dire à quoi.

Marie-T. adorait faire des mystères et nous monter des bateaux qui finissaient souvent par être des chaloupes percées.

Convaincues qu'elle ne tarderait pas à nous rejoindre à la piscine, Élise et moi avions quitté la rue Marcil à pied, puis descendu Somerled en prenant notre temps, en niaisant et en comptant les autobus qui nous filaient sous le nez comme les moutons de notre sommeil éveillé.

C'était une journée calme de juillet. Une journée sans histoire de l'été 1971, quatre mois après la tempête du siècle. Jean Béliveau avait pris sa retraite du hockey le mois d'avant. Guy Lafleur venait d'être repêché par les Canadiens de Montréal. Bientôt, l'album *L'Oiseau* de René Simard allait sortir et nous donner le goût de vomir ou de rougir de gêne, mais on avait encore le temps de respirer un peu avant que son sirop de poteau nous dégouline dessus.

En attendant, la Régie des alcools, où on n'allait jamais parce qu'on n'avait pas l'âge mais où l'alcool se vendait au comptoir comme les clous et les vis à la quincaillerie, la Régie des alcools allait changer de statut et de titre. D'ailleurs, le jour où il est mort, c'est-à-dire le 3 juillet, la Société des alcools du Québec est née. C'est bien pour dire. Un gars meurt quelque part sur la planète et plein de gens peuvent aller se soûler la gueule en paix sans avoir à demander d'un air coupable au chien de garde au comptoir qui leur barre la route vers les bouteilles : « Une bouteille de vin rouge, s'il vous plaît. » Pas une bouteille de chinon ou de bordeaux. Non, une bouteille de vin rouge. N'importe laquelle. Dans ce temps-là, les nouvelles n'allaient pas vite et, côté alcool, on n'était pas regardants.

C'est Élise qui, la première, a vu Marie-T. franchir l'entrée de la piscine, slalomer entre les crêpes aplaties des serviettes, éviter les steaks trop cuits des corps carbonisés par le soleil, avant de nous repérer. Quand je me suis redressée, Marie-T. était là, devant moi, comme si elle avait jailli d'une craque dans le béton, la crinière défaite, les baguettes en l'air, énervée comme ça ne se pouvait pas.

— Vous savez pas quoi, les filles ? a-t-elle lancé d'un air de tragédienne grecque fraîche émoulue d'un cours de théâtre 101.

— Quoi?

C'est à ce moment précis que Marie-T. a largué sa bombe à neutrons et que la nouvelle est tombée. La pire nouvelle de l'année avec, en plus, plusieurs jours de retard, donc un déficit de fraîcheur et pas vraiment beaucoup de détails sauf qu'il était bel et bien mort.

Celui qui contrôle les médias contrôle les esprits. C'est LUI qui disait ça et IL n'avait pas tort. On a su des années plus tard que ce qu'on nous avait raconté sur sa mort n'était pas la vraie histoire et que sa mort avait commencé bien plus tôt, qu'il était mort avant de mourir, en somme. Mais ça, on le saurait un siècle après. Pour l'heure, on n'avait pas d'autre choix que d'accepter la version officielle. Celle-ci se résumait aux calories vides d'une seule phrase : son corps inanimé avait été retrouvé flottant dans une baignoire.

— Une quoi?

Marie-T. a grimacé un rictus en forme d'excuse et a répété le mot *baignoire*.

— Une baignoire? C'est une *joke*?

Mais Marie-T. ne plaisantait pas. La réalité implacable des faits l'en empêchait. Et la réalité avait la forme ridicule d'une baignoire.

Je n'en revenais pas! Une baignoire, pour l'amour du saint ciel! Si au moins il s'était noyé dans une piscine. Ou dans l'océan Atlantique ou dans une mer turquoise au large des îles Mouk-Mouk. Mais non! Mort dans un bain. À ce compte-là, aussi bien mourir dans son cercueil.

On a su par la même occasion que ladite baignoire sur pattes logeait rue Beautreillis. Tu parles, Charles, d'un nom pour une rue: *Beautreillis*. Il me semble que mon roi méritait mieux que ça! Finir ses jours comme une plante grimpante dans un treillis, quelle funeste plaisanterie!

Marie-T. n'en savait pas tellement plus. Elle avait entendu la nouvelle à la radio et, sachant que l'heure était grave, elle avait lâché ce qu'elle faisait et qu'elle continuait de tenir secret pour venir nous avertir. Messagère de malheur, la Marie-T.

Le choc de sa mort fut si grand que sur le coup j'en ai oublié de pleurer. Je me suis levée, sonnée, hébétée, à ce point assommée que je n'ai même pas eu le réflexe de brandir ma serviette et de m'en servir comme paravent pour cacher mes jos comprimés dans leur balcon pigeonnant. Que les morveux se rincent l'œil tant qu'ils veulent, je m'en foutais. J'étais en deuil. Je venais de perdre un morceau important de ma vie. Et quand je parle de morceau, je ne parle pas juste du mort, beau comme un dieu de son vivant, et qui l'était certainement moins maintenant qu'il était mort. Je parle de tout ce qu'il représentait. J'aimais tout de lui : sa révolte, son insolence, le gros *finger* fendant qu'il faisait au monde adulte. J'aimais sa dégaine si sexy, sa bouche si sensuelle, les boucles de ses beaux cheveux. J'aimais sa musique, ses chansons. J'aimais sa façon de bouger sur scène, sauf quand il baissait ses pantalons, ce qu'il n'avait pas fait au Forum de Montréal quand j'étais allée le voir l'année d'avant. J'avais un billet au balcon qui m'avait coûté trois dollars cinquante, une folle dépense que je n'ai jamais regrettée. Mais tout cela était bel et bien terminé.

Dans ce temps-là, les nouvelles n'allaient pas vite mais celle-ci avait fini par prendre forme, par être écrite, emballée, mise en boîte et embaumée, et par traverser l'océan Atlantique pour se rendre à la piscine Kensington avant de déverser sa fatalité toxique dans mes oreilles incrédules : à l'âge de vingt-sept ans, Jim Morrison, de son vrai nom James Douglas Morrison, alias le Roi Lézard, le chanteur des Doors et l'idole de mes quatorze ans, était mort.

Sa mort aussi subite qu'un orage tropical, ou qu'un enfant qui coule à pic au fond d'une piscine, commençait bien mal l'été 1971.

Marx à la carte

On a couru comme des folles jusqu'à la rue Marcil, mais je me demande bien pourquoi. Il n'y avait rien qui pressait. Jim Morrison était mort et, contrairement à Jésus-Christ ou à saint Lazare, il ne risquait pas de ressusciter. Son service funèbre n'allait pas avoir lieu sur l'heure dans notre rue. Pas plus que nous aurions le loisir d'allumer la télé sur CNN pour TOUT savoir sur la baignoire à pattes de la rue Beautreillis à Paris, où notre Jim chéri avait rendu l'âme.

Non seulement CNN n'existait pas, mais la télé par câble, les infos continues, Internet, les ordinateurs, les satellites, les cellulaires, les micro-ondes, les voitures électriques, Facebook, Twitter, Google, YouTube, les drones et Anderson Cooper

17

– et l'idée même de toutes ces merveilleuses bébelles – n'avaient pas encore effleuré l'esprit de ceux qui les inventeraient. C'étaient comme des enfants pas encore conçus, désirés ou même envisagés, des particules dont on ne pouvait soupçonner la future existence ni la dépendance qu'elles engendreraient.

Bref, avant d'avoir de plus amples renseignements sur la mort tragique de notre idole, il faudrait prendre notre mal en patience. Marie-T. proposa qu'on aille se recueillir chez ses parents, qui étaient forcément aussi ceux d'Élise et qui logeaient directement en face de chez mes propres parents, rue Marcil.

Les Chevrier vivaient à loyer au rez-de-chaussée d'un duplex en briques brunes. On y entrait par une lourde porte en bois percée d'une fenêtre arrondie. Mais on pouvait aussi enjamber la balustrade de fer forgé de la galerie et accéder directement au salon. Au-dessus des Chevrier vivaient les proprios, deux retraités de la fonction publique municipale et, juste à côté, deux autres locataires, dont une prof de français fraîchement divorcée, Martine Juneau, qui avait insisté pour qu'on cesse de l'appeler madame et qu'à défaut d'avoir recours à son prénom, ce qui était au-dessus de nos forces de jeunes filles bien élevées, on adopte au moins le mademoiselle, un peu moins guindé.

Nous étions bien d'accord, et d'autant plus que depuis son divorce la mademoiselle en question n'avait plus grand rapport avec la madame d'il y avait à peine un an. On s'est donc mises à l'appeler mademoiselle Juneau et à noter mentalement toutes les nouvelles voitures qui venaient se garer au pied de l'escalier gris souris, devant sa porte. Or, bien vite, on a découvert que ces voitures changeaient de marque et de couleur presque à chaque semaine, signe que mademoiselle Juneau était pressée de rattraper le temps perdu avec son ex-mari.

Mais ce jour-là, il n'y avait aucune nouvelle voiture garée devant la volée de marches que nous avons gravies au pas de course. Marie-T. a poussé la porte en bois et nous nous sommes engouffrées dans la fraîcheur du logement aux boiseries sombres.

Le salon des Chevrier était petit et ressemblait à une salle d'attente de dentiste. En revanche, la chaîne stéréo encastrée dans son coffre de bois brun, du temps que le brun était encore une couleur respectable, pouvait torcher quand l'occasion le commandait. Autant dire que ce jour-là, l'occasion le commandait royalement. Sauf qu'il manquait quelque chose d'essentiel à notre rituel.

J'ai dit aux filles de m'attendre pendant que je fonçais chez mes parents. La maison, une unifamiliale avec des boiseries semblables à celles du logement des Chevrier, était vide. Rien de surprenant. La maison était toujours vide, et mes parents, éternellement absents. Dans le salon recouvert de tapis vert forêt et meublé d'un divan et de deux fauteuils, j'ai visé l'étagère des disques. Entre deux disques de Guy Béart, un de Philippe Clay, un de Patachou et un autre de John Coltrane, j'ai trouvé ce que je cherchais : une pochette rouge vin percée d'une fenêtre jaune où apparaissaient les quatre Doors, Jim à l'extrême droite avec sa barbe de Moïse. Le meilleur album des

Doors de tous les temps, sorti quelques mois plus tôt : *L.A. Woman.*

J'ai retraversé la rue et je suis entrée en coup de vent chez Élise et Marie-T.

— Tiens, mets ça qu'on braille un peu.

Marie-T. a délicatement déposé l'aiguille sur le premier sillon de l'album, et la pièce *The Changeling* a explosé dans le salon. Spontanément et sans même se consulter, Élise, Marie-T. et moi, on s'est mises à danser comme des damnées, entraînées malgré nous par le fantôme tout neuf de Jim.

I live uptown, I live downtown, I live all around. I had money and I had none. Change. See me change, grognait Jim.

Bassins qui se balancent, bras de pantins qui montent et descendent, mains baladeuses qui décrivent des arcs de cercle dans les airs, pieds qui trépignent : maudit qu'on avait l'air fou quand on dansait dans ce temps-là. Mais tant pis. On a continué nos singeries en se disant : « On danse pour Jim. On crie pour Him. On chante en chœur avec lui : *See me change. Change. Change.* »

On suait, le souffle court, la bouche

sèche, mais on s'en foutait. Le plancher craquait, les bibelots sur les étagères tremblaient, mais pas question d'abandonner cette célébration impromptue à la mémoire de notre Jim chéri, enterré avec les morts les plus *hot* de la planète. Alors on a continué à danser pour ne pas pleurer. À danser pour ne pas mourir de chagrin.

Et puis, subitement, des bruits sourds nous ont fait sursauter. Des coups qui venaient d'en bas. « Baissez le son, on s'entend plus ! » Marie-T. m'a lancé, d'un air écœuré : « Jeannot, le casseux de party ! »

Jeannot vit comme un troglodyte au sous-sol du logement des Chevrier. Sa chambre est directement sous le salon, mais on l'entend rarement, sauf quand il se met à gratter la guitare et à se prendre pour un chansonnier engagé.

Engagé mais sans voix. Car au lieu de chanter, Jeannot se contente de fredonner, et s'il écrit des textes, il les garde bien au chaud dans ses tiroirs verrouillés, des textes en forme de femmes voilées, jamais montrés ou chantés publiquement.

Habituellement on fait attention pour ne pas déranger monsieur. Mais ce jour-là, c'était différent. C'était jour de deuil national avec tous les excès que le genre permet. De sorte qu'au lieu de baisser le volume, Marie-T. l'a monté d'un cran. *L.A. Woman* a rempli la petite pièce comme l'eau d'un bain. Ça tombait bien : le bain, c'était un peu la thématique du jour.

En intro de cette pièce qui dure sept minutes et cinquante et une secondes, on a d'abord entendu le rugissement d'une bagnole, puis la batterie a résonné avec fracas, suivie de la basse et du piano électrique planant de Ray Manzarek. Ne manquait plus que la voix légèrement éraillée de notre Jim chéri. Elle est entrée comme quelqu'un qui ouvre la porte sans sonner. *L.A. Woman. Never saw a woman so alone.*

La toune a commencé à se déployer dans la caisse de résonance du salon. Dans sa pénombre est apparue Angèle, belle Angèle, une ville en forme de femme.

I see your hair is burnin', hills are filled with fire. If they say I never loved you, you know they are a liar. Drivin down your freeways. Midnight alleys roam... Cops in cars, the topless bars. Never saw a woman... So alone. So alone. So alone, hurlait Jim à la lune.

Et puis crac, scratch, scrounche, la toune qui déchire, l'aiguille qui crisse comme des ongles sur le tableau, la musique qui arrête net et sec, et Jeannot, surgi de ses catacombes, ses beaux yeux de velours injectés de colère, qui crie : « Tabarnac, qu'essé je vous ai dit ! »

Je me précipite vers la boîte brune du tourne-disques pour sauver mon vinyle du massacre. Si jamais il y a une rayure, une seule rayure, sur mon album des Doors, je vais tuer Jeannot Chevrier même si je le trouve *cute* et que j'ai déjà rêvé qu'il m'épousait. Mais il a de la chance, le Jeannot, l'album est intact. Pas une *scratch* sauf sur mon orgueil.

— Jim Morrison est mort, lui lance, l'air accablé, Marie-T., en se laissant choir sur le fauteuil scandinave en teck gris.

— Pis ? répond Jeannot en haussant les épaules avec son air baveux qui bave mais qui n'a jamais le cran de nous regarder dans les yeux.

— Pis ? C'est une catastrophe ! que je lui

réponds en me retenant pour ne pas lui sauter dans la face.

— Ouais, opine Élise. Y a personne qui peut remplacer Jim Morrison. Il était unique.

Jeannot hausse à nouveau les épaules. Décidément, son vocabulaire physique est sérieusement limité. Il devrait prendre des cours d'expression corporelle. Ça l'aiderait peut-être à se débarrasser du balai qu'il a dans le cul et à regarder les filles dans les yeux quand il leur parle.

— C'est pas moi qui vas pleurer pour la mort d'un chanteur américain, lance-t-il en levant les yeux au ciel.

Je me retiens à quatre mains, même si j'en ai que deux, pour ne pas l'étriper. Je brûle de lui dire ma façon de penser mais comme je suis diplomate et trop polie, je tente plutôt de me calmer et d'éviter de nouveaux dégâts. C'est alors que, du haut de ses dix-neuf ans, Jeannot Chevrier décide de s'adresser à nous trois. Et que, sur un ton prétentieux et professoral, proba-blement attrapé dans les couloirs de son université marxiste, il nous assène la totale.

— Savez-vous y a combien de monde qui meurt au Vietnam tous les jours ces temps-ci? Des milliers! Massacrés par les Américains! Pis y a personne qui braille pour eux! Personne! Fait que, votre chanteur populaire…

— C'est aussi un poète, tu sauras! que je m'écrie, insultée par son mépris et refusant de le laisser traîner ma défunte idole dans la boue de ses préjugés marxistes.

— Il a même écrit des livres de poésie, ajoute Élise pour donner du poids et de la légitimité à notre héros.

Mais Jeannot ne nous écoute déjà plus. Nous a-t-il déjà écoutées? Il est debout sous l'arche qui sépare le salon du hall d'entrée. Les épaules légèrement tombantes, le corps penché comme la tour de Pise. Un peintre pourrait le représenter dans cette position et l'encadrer avec le titre : *Portrait d'un jeune homme penché qui fait chier.*

Jeannot se retourne une dernière fois en nous lançant un regard las de gars pour qui nous sommes une quantité négligeable de débiles ou, pis encore, de filles.

— Allez niaiser ailleurs. Faut que j'étudie.

— Que t'étudies quoi? C'est les vacances, ai-je osé.

Mais Jeannot n'a pas entendu ou n'a pas voulu entendre. Sitôt apparu, sitôt disparu. Maudit casseux de party! Élise, Marie-T. et moi, on s'est tournées vers l'arche où Jeannot était planté il n'y avait pas deux secondes, et on lui a fait une grosse grimace et un *finger* pour nous défouler.

Mais même s'il était reparti dans ses catacombes, ses paroles continuaient de résonner comme une roche qui fait des ronds dans l'eau plusieurs secondes après avoir été lancée. Sauf que sa roche à lui, c'était le Vietnam.

Le Vietnam! Qu'est-ce que le Vietnam venait faire dans le rituel funèbre de trois adolescentes de la rue Marcil? Et pourquoi le Vietnam aurait-il eu plus de poids que la mort d'un chanteur populaire, adoré par les masses qui se consolaient peut-être de leur vie de merde en l'écoutant.

Jeannot savait-il que ce chanteur populaire mort trop tôt n'était pas le premier mais le quatrième d'une série noire qui n'en finissait plus de finir ? Et qu'en l'espace de deux ans, le rock, notre religion, avait perdu un pilier après l'autre : Jimi Hendrix, mort dix mois plus tôt, le 18 septembre, à vingt-sept ans ? Janis Joplin, morte deux semaines après Jimi, à vingt-sept ans, elle aussi ? Brian Jones, mort un 3 juillet, comme Jim, mais deux ans avant, et lui aussi à vingt-sept ans ?

Si Jeannot s'intéressait un peu plus au vrai monde plutôt qu'à ses théories marxistes, il aurait compris que ces morts en série cachaient un phénomène sociologique, ou carrément une malédiction, pas mal plus inquiétant que sa guerre au Vietnam. Car mourir à la guerre, ce n'est pas recommandé ni souhaitable, mais c'est malheureusement normal. Mais mourir dans un pays en paix, mourir quand des millions de personnes vous aiment et vous adulent, mourir alors qu'on a la vie devant soi, fallait vraiment qu'il y ait quelque chose de pourri dans l'air.

Et puis, que Jeannot le veuille ou non, de les voir partir les uns après les autres à vingt-sept ans, ça nous faisait de quoi, ça nous rentrait dedans et sans doute que d'une certaine manière ça nous marquerait pour la vie. Peut-être même que ça nous ferait envisager notre vingt-septième année sur terre comme LE cap décisif à franchir, celui où ça passe ou ça casse, où tout commence ou alors tout finit.

Heureusement nous n'aurions pas vingt-sept ans avant plusieurs années. En attendant, nous avions un deuil à faire. Chassées du salon des Chevrier, nous avons décidé d'aller le poursuivre de l'autre côté de la rue, là où il n'y aurait ni Jeannot, ni marxiste, ni personne en fait, pour nous empêcher de donner libre cours à un chagrin adolescent qui serait peut-être éphémère, mais non moins sincère.

Des bougies dans le chianti

Mon disque des Doors sous le bras, j'ai traversé la rue Marcil avec Élise et Marie à la traîne. J'ai poussé la porte d'entrée de notre maison et nous avons immédiatement pris d'assaut le salon. Sur le manteau de la cheminée mais aussi sur les étagères et les cache-radiateur, une douzaine de bougies plantées dans des bouteilles de chianti étaient au garde-à-vous.

Je ne sais pas qui a eu l'idée en premier. Mais sans doute que le chianti y fut pour quelque chose. Mes parents en gardaient un certain nombre de bouteilles dans un des placards de la cuisine. Des bouteilles avec un long cou mince et un gros cul engoncé dans une jupe de raphia. Le chianti, ce n'était pas pour tous les jours.

Mon père buvait peu, et ma mère pas tellement plus, sauf du scotch pour lequel elle avait développé un sérieux penchant. Lequel penchant avait fourni à mon père la licence de traiter ma mère d'alcoolique. En blaguant bien sûr, mais à force de répétition, la blague avait fini par être purgée de son humour pour devenir une insulte en bonne et due forme, et un clou de plus dans le cercueil de leur couple.

Quant au chianti dans sa jupe de raphia, mes parents le sortaient les soirs où ils recevaient leurs amis à souper, des Français pour la plupart, ce qui en soi aurait dû inciter mon père à faire des provisions de bourgogne ou de bordeaux. Mais le connaissant, je soupçonne qu'il achetait du chianti parce que c'était moins cher et qu'en plus – sacrée aubaine – on pouvait planter dans la bouteille vide une grosse bougie qui éclairerait la table, économiserait l'électricité, créerait une ambiance très Saint-Germain-des-Prés et finirait par dégouliner comme de la lave chaude jusqu'à en recouvrir complètement le raphia et à transformer la bouteille en sculpture de cire.

Mais ce soir-là, nous n'avons pas allumé les bougies toute de suite. Avant, il fallait se mettre en état de grâce. Une bouteille de chianti fraîchement débouchée nous a aidées à y parvenir. Nous l'avons vidée en un clin d'œil en buvant à même le goulot de généreuses gorgées qui tachaient nos dents et nous donnaient des airs de vampire. Par la suite, on a eu beau s'empiffrer de chips, on ne voyait pas clair, on tanguait comme les marins dans la chanson de Jacques Brel. Le téléphone a sonné. C'était ma mère. Je lui ai répondu en retenant mes hoquets.

— Comment ça va? Ça va mal! Jim Morrison est mort. Tu le savais? Comment ça, tu le savais? Pourquoi tu me l'as pas dit?

Je ne me souviens pas du reste de la conversation sinon que ma mère m'a annoncé qu'elle prenait un verre au Boiler Room avec son amie Martine, une Française folle et blonde, à cause de qui, j'en suis convaincue, les blagues de blondes ont été inventées. Ma mère en profita pour m'annoncer que mon père avait une réunion d'un quelconque comité à l'Office national du film, qu'il prenait plaisir à surnommer l'Orifice naturel du film. C'était un jeu de mots non seulement débile mais ingrat. Car grâce à l'ONF, mon père avait pu mettre fin à sa carrière de promoteur de vibromasseurs orthopédiques. Il aurait dû être rempli de gratitude pour cette vénérable institution qui lui avait sauvé la face et la vie. Sauf que pour mon père, un promoteur hors pair, vendre des vibromasseurs ou du cinéma, c'était du pareil au même, ce que je n'ai jamais vraiment compris.

Quoi qu'il en soit, ma mère m'a dit de ne compter ni sur lui ni sur elle pour la soirée.

J'ai raccroché en criant youpi! hourra! On a refait une ronde de chianti et bouffé un autre bol de chips puis, lorsque la nuit est tombée pour de bon sur le salon, Marie-T. a suggéré qu'on s'assoie toutes les trois sur le tapis vert forêt dans la position du lotus et qu'on tente d'entrer en communication avec l'esprit de Jim.

— Tu penses pas que Jim a d'autres

priorités en ce moment ? ai-je plaidé. À part de ça, il nous connaît même pas.

— Je peux aller chercher ma planche de ouija chez nous, a lancé Élise. D'un coup qu'elle marcherait.

D'un coup ? J'en doutais. On s'était escrimées une centaine de fois avec cette satanée planche manufacturée par Parker Brothers dans l'espoir qu'elle nous fasse entrer en contact avec les morts qu'on connaissait. Mais le problème c'est qu'on n'en connaissait pas tant que ça, des morts. Personnellement, je veux dire. À part, bien sûr, Antoine, le frère aîné d'Élise et de Marie-T., mort à dix-sept ans dans un accident de moto, des années avant que j'emménage rue Marcil. Chaque fois que je prononçais son nom dans l'espoir d'en savoir davantage, les filles changeaient de sujet. Même en sortant le ouija, elles s'arrangeaient pour éviter de mentionner son nom, préférant s'en remettre à un paquet d'arrière-grands-mères et d'arrière-grands-tantes sentant le camphre et mortes un siècle plus tôt.

Autant dire que les vieilles ne répondaient jamais à leurs appels. De trois choses l'une. Ou bien la ligne téléphonique du ouija ne se rendait pas jusqu'au ciel, ou bien les filles se trompaient de numéro, ou bien les aïeules étaient sourdes aux divagations des humains qui fantasmaient sur la vie après la vie.

Quoi qu'il en soit, j'ai décrété qu'on n'avait pas besoin de bébelles ni d'artifices pour entrer en contact avec Jim vu que son esprit était déjà en nous.

Les filles m'ont lancé un regard mi-admiratif, mi-perplexe, comme si elles questionnaient l'idée tout en l'endossant. Puis Marie-T. a déplié ses jambes plus longues que le pont Champlain, s'est levée, et devant notre regard ahuri a commencé à enlever ses vêtements, en ne gardant que sa culotte et son soutien-gorge.

— Ben quoi, regardez-moi pas comme ça! Enlevez votre linge. Pour la position du lotus, c'est toujours mieux d'être en bobettes, a-t-elle expliqué.

Je ne voyais pas le lien entre les lotus et les bobettes, mais je n'ai pas discuté. Élise non plus. Docilement, on a commencé à retirer un à un nos vêtements, comme si on enlevait une première peau et que la mémoire du Roi Lézard nous poussait à muer comme lui. Nous étions en train de rouler nos affaires en boule lorsque Marie-T. a changé d'avis.

— J'ai une autre idée, a-t-elle lancé en éteignant les deux lampes sur pied du salon et en allumant une à une les bougies dans les bouteilles de chianti dispersées aux quatre coins de la pièce. Et c'est ainsi que sous l'emprise de Marie-T. le salon de mes parents s'est métamorphosé en salon funéraire et en lieu d'incantations.

Elle s'est alors dirigée vers le tourne-disques, y a installé la galette noire d'où s'élèverait bientôt notre pièce favorite du dernier album de Jim, *Riders on the Storm*. Elle est revenue vers nous alors que de la galette s'élevaient des crépitements de pluie et de discrets coups de tonnerre. L'entrée en matière de cette pièce envoûtante, qui est une sorte de mini-road-movie, a immédiatement fait peser sur le salon une ambiance trouble et étrange. *There's a killer on the road. His brain is squirmin' like a toad.*

Juste au moment où Élise et moi allions nous asseoir par terre en bobettes, Marie-T. a écarté ses deux bras pour bloquer notre geste.

— Aussi bien se mettre complètement nues. De toute façon, personne peut nous voir, a-t-elle décrété en enlevant ce qui lui restait de sous-vêtements.

On aurait pu protester. Mais bien franchement, après le chianti et les émotions de la journée, nous n'en avions plus l'énergie. Alors nous avons enlevé ce qu'il nous restait de pudeur et de tissu. Et à la lueur des bougies, flambant nues et en forçant un peu la transe chamanique, on a écouté *Riders on the Storm* en boucle en nous laissant doucement bercer par ses vagues sensuelles. Et puis, un miracle est arrivé. Il s'est mis à pleuvoir comme dans la chanson. Une petite pluie fine d'été, qui a gagné lentement en force avant de se transformer en orage.

Un premier éclair a jeté ses éclats incandescents rue Marcil, suivi d'un gros coup de tonnerre. On s'est regardées. Non! Ça se pouvait pas! Jim ne pouvait pas nous avoir entendues. Il était en train de pourrir par les deux bouts six pieds sous terre dans un cimetière français.

Oui mais son esprit, lui, qui sait où son esprit avait pu aller ? Peut-être que son esprit s'était atomisé en millions de particules capables de voyager à la vitesse de l'éclair et de répondre à toutes les incantations, y compris celles venant de trois filles de quatorze et quinze ans qui écumaient leur adolescence rue Marcil. On s'est mises à crier son nom. « Jim, on t'aime ! Jim, on t'aimera jusqu'à la fin des temps ! » Et puis, d'un bond, on s'est levées et on s'est mises à danser toutes nues sur *Riders on the Storm* pendant que la pluie battait contre la fenêtre du salon, une pluie envoyée expressément par Jim pour nous consoler de sa mort et nous chuchoter qu'il n'y a vraiment pas lieu d'avoir peur de la mort, parce que dans le fond, la vie fait bien plus mal que la mort. C'est ça qu'il disait, Jim : la vie fait plus mal que la mort. J'avais beau répéter ses paroles, je n'y comprenais rien, strictement rien. Voir si la mort ne faisait pas mal ! La mort faisait tellement mal qu'on en mourait ou alors qu'on en braillait toutes les larmes de son corps.

La mort, c'était ce que je redoutais le plus sur terre. J'en avais une peur bleue, et le fait que Jim Morrison vienne d'y succomber, nous privant à jamais de son génie, ne m'aidait pas à mieux saisir le sens caché ni la sagesse de ses paroles.

Nous dansions toujours nues et en transe quand subitement, profitant de l'ouverture de la porte d'entrée, un courant d'air s'est glissé dans le salon et nous a fait frissonner. Nous étions tellement occupées à communier avec Jim que nous n'avions pas entendu le bruit de la clé dans la serrure ni le grincement des pentures que mon père se promettait de huiler dans la semaine des quatre jeudis. Par je ne sais quel miracle, mes parents, perpétuellement désynchronisés, étaient arrivés à la maison en même temps.

On a à peine eu le temps de se jeter sur nos vêtements et de les plaquer sur nos parties intimes, en adoptant l'air le plus désinvolte du monde pour enterrer les petites voix hystériques et paniquées qui criaient à l'intérieur de nous.

— Mais qu'est-ce que vous foutez? a maugréé mon père. C'est une orgie ou quoi?

— C'est pas une orgie. C'est un enterrement, ai-je hasardé.

— Jim Morrison est mort aujourd'hui, a ajouté Élise. Enfin pas vraiment aujourd'hui, mais c'est aujourd'hui qu'on l'a su.

Mon père s'est tourné vers ma mère.

— Qu'est-ce qu'elles racontent?

— Je t'expliquerai…

Les deux ont disparu dans la cuisine pendant qu'on se rhabillait en vitesse. J'en voulais à Marie-T. de nous avoir entraînées dans cette cérémonie bidon. Je m'en voulais encore plus de l'avoir suivie sans opposer la moindre résistance. Tout le ridicule de la situation venait de me tomber dessus d'un coup. Et l'humiliation ressentie au contact du regard parental s'est mise à m'élancer avec la virulence d'une morsure. J'ai reconduit mes amies à la porte, mon estime en morceaux. Puis, contrite et mortifiée, je suis allée m'enfermer dans ma chambre avec ma honte. À bien y penser, James Douglas Morrison n'avait peut-être pas tort. Des fois, la vie fait plus mal que la mort. Surtout à l'orgueil.

La troisième roue du carrosse

Le lendemain, au déjeuner, ma mère m'a évité un quart d'heure d'humiliation en ne revenant pas sur notre séance de grossière indécence à la mémoire de Jim. Elle a préféré souligner l'autre anniversaire qui avait lieu le jour même : celui de notre première année rue Marcil.

Il y avait effectivement un an jour pour jour que notre petite famille nucléaire, constituée de ma mère, de mon père, de moi et de mon petit frère de huit ans, avions quitté le bungalow d'Ottawa pour l'unifamiliale de la rue Marcil.

Un an plus tôt, en apprenant la nouvelle de notre déménagement, mon frère, qui avait à peine sept ans, avait sauté de joie, tout excité à l'idée de vivre une nouvelle aventure. Montréal, pour lui, c'était une île enchantée, sortie tout droit d'une BD de Tintin. Pour ma part, Montréal, c'était la fin du monde. La dernière chose dont j'avais envie, c'était de perdre tous mes amis et de me retrouver seule comme une dinde au milieu de la plus grande ville francophone d'Amérique. Mes parents n'ont pas écouté mes doléances. Ils ont plutôt eu le culot de citer mon frère en exemple.

— Tu devrais faire comme ton frère, il a la bonne attitude, lui ! m'a conseillé mon père.

— Mon frère n'a même pas l'âge de raison. Tu lui dirais qu'on déménage en Sibérie et il serait content, ai-je répliqué vertement.

Rien n'y fit. Un jour, je suis rentrée de l'école, et la maison de l'avenue Woodroffe était vendue. Bonjour. Bonsoir. On déménage.

Ma première semaine rue Marcil, je l'ai passée assise sous le porche de la galerie avant, à surveiller les allées et venues des voisins et à magasiner du regard le potentiel humain qui pourrait éventuellement se muer en fréquentation amicale. Et puis, un jour vers la fin de la semaine, je les ai vues : les deux sœurs d'en face. La belle blonde et la grande brune. Des filles de mon âge qui n'avaient pas l'air plates. Elles portaient des shorts et des sandales à la mode. Chacune munie d'un sac de plage, elles s'en allaient à la piscine Kensington dont j'ignorais encore l'existence. Je n'ai pas osé les aborder du premier coup. Je n'avais pas l'âge de mon frère ni la capacité d'accoster n'importe quel enfant et de l'assommer brutalement d'une demande d'amitié.

J'ai attendu quelques jours, mais sans jamais quitter mon poste d'observation d'où, à moins qu'elles ne soient complètement aveugles, elles ne pouvaient pas me manquer. Puis un matin, alors que les deux s'engageaient sur le trottoir d'en face avec leur attirail de baignade, je me suis avancée vers elles.

— *Hi, my name is Nora. I just moved across the street.*

Élise et Marie-T. ont figé avant d'échanger un regard circonspect, chargé de suspicion à l'égard de la Martienne qui venait de les aborder. Marie-T. a pris la parole la première.

— Moi, c'est Marie-Thérèse. Elle, c'est Élise, pis on parle français.

— Vous parlez français !

— Ben, c'est parce qu'on est au Québec, a répondu Marie-T. d'un air un peu bête. On est Québécoises.

J'avoue que c'est une nuance qui m'avait échappé. Pas d'être au Québec. Je savais qu'on avait déménagé dans une autre province. Enfin, je pense. Mais depuis mon arrivée à No Damn Good–Notre-Dame-de-Grâce, j'avais entendu plus d'anglais que de français dans la rue. J'avais tenu pour acquis qu'ici comme partout dans ce pays régnait une certaine confusion linguistique qu'on réglait en parlant d'abord en anglais. La mise au point de Marie-T. m'avait agréablement surprise, surtout quand elle avait ajouté « On est Québécoises ».

L'espace de deux répliques, je venais de réaliser qu'ici, c'était pas tout à fait comme ailleurs, et surtout pas comme à Ottawa.

Pendant toute mon école primaire, je n'avais jamais entendu un de mes camarades s'afficher comme Ontarien ni comme Ottawaien, ni comme Canadien au demeurant. Je ne sais pas ce qu'on était dans ce temps-là. On ne se posait pas la question. On se contentait d'être… dans la cour d'école ou dans la lune. Pour le reste, ça n'avait aucune importance. Mais voilà qu'ici, au Québec, c'était différent. Ici, au Québec, on était des Québécois et on en était fiers. J'en ai immédiatement pris bonne note en me disant dans mon for intérieur : « Si tu veux survivre, ma fille, t'as intérêt à devenir Québécoise. Et vite. »

Marie-T. et Élise m'ont demandé si je voulais venir à la piscine avec elles. J'ai sauté sur l'occasion avec un excès d'empressement. J'aurais pu la jouer cool et indépendante mais ce n'était pas le moment. Je mourais d'envie de commencer ma vie dans la plus grande ville francophone d'Amérique et la seule façon démocratique d'y arriver, c'était de me faire des amies.

Nous sommes parties à pied sur Somerled comme nous le ferions des centaines d'autres fois. Elles m'ont questionnée sur ma vie antérieure. J'ai été obligée de leur avouer que j'étais née en France. Je n'en tirais aucune fierté. Plutôt le contraire. Mais je me suis rattrapée en jurant que j'haïssais la France et que je n'étais pas vraiment Française. Mes parents l'étaient, mais pas moi. C'était vrai. Tout ce qui avait rapport à la France me donnait le goût de dégueuler. Je n'y avais pas remis les pieds depuis mon départ précipité à l'âge de cinq ans. Je ne voulais plus rien savoir du restant de famille que j'y avais laissé : notamment ma grand-mère, qui m'avait élevée à partir de l'âge de six mois pendant que mes parents couraient la galipote au Canada.

En principe, mes parents préparaient le terrain pour mon arrivée. En pratique, ils ont mis tellement de temps à préparer le terrain, ces deux-là, que j'ai fini par oublier qu'ils existaient. Quand ma mère est venue m'arracher à ma grand-mère cinq ans plus tard, ça m'a tellement fait mal, ça m'a tellement déchirée en dedans et découpée en petits morceaux que j'ai fermé ma porte à la France. Je l'ai fermé à double tour et j'ai jeté la clé dans l'Atlantique. La France? M'en crisse! Ce n'est plus mon pays ni ma patrie ni le berceau de ma naissance! La France, c'est une place quelque part dans le monde qui ne représente plus rien pour moi.

Les filles m'écoutaient et je sentais que j'étais en train de passer le test et de le réussir 20 sur 20. À la fin de cette première journée à la piscine Kensington avec mes deux nouvelles amies, je n'étais plus considérée comme une *bloke* ou une tête carrée égarée dans le quartier, mais comme quelqu'un de fréquentable, peut-être même la troisième roue de leur carrosse. Ma vie dans la plus grande ville francophone d'Amérique pouvait commencer.

— Ça fait déjà un an? ai-je lancé à ma mère qui avait commencé à débarrasser la table du déjeuner.

— Oui, un an déjà, a-t-elle soupiré en refermant le pot de confiture aux groseilles et en chassant les miettes de toast sur la table ronde en bois.

Mon père, qui lisait son journal, a grogné sans relever le soupçon subliminal de regret dans la voix de son épouse.

Ma mère ne se plaignait pas du fait que le temps avait passé trop vite, mais plutôt qu'une année complète s'était écoulée sans qu'elle ait le courage de faire ce dont elle rêvait depuis longtemps : quitter mon père.

Ce matin-là, elle s'est bien gardée de rappeler à mon père qu'elle en avait marre d'être sa femme, voire son esclave, ce qu'elle n'était pas vraiment même si elle se plaisait à le penser. Elle s'est tue, connaissant trop bien la réaction de mon père. Toutes les fois où elle avait piqué une crise et hurlé « Tu m'emmerdes, j'en peux plus de vivre avec toi », mon père avait toujours eu la présence d'esprit de ne pas la contredire. Au lieu de la supplier de rester, il lui servait toujours la même réplique assassine : « Tu fais ta valise quand tu veux et tu fous le camp. »

Est-ce qu'il le pensait vraiment ? J'en doute. Mais mon père était un fin stratège. Il savait que la meilleure façon de couper les ailes à sa femme, c'était d'ouvrir la porte de sa cage et de l'inviter à sauter, puisque voler était au-delà de ses compétences.

La stratégie marchait à tout coup. Ma mère contemplait le vide béant qui l'attendait de l'autre côté de la clôture matrimoniale, soupesait le pour et le contre d'une vie libre, certes, une vie sans chaînes ni obligations, mais aussi une vie sans sécurité financière, sans police d'assurance, sans mari pour réparer les poignées de porte ou huiler les pentures, une vie assumée en toute connaissance de cause, avec ses failles et ses manquements, et à la dernière minute ma mère finissait toujours par se raviser, par défaire sa valise et par rentrer sagement dans sa cage.

Ce matin-là, un an jour pour jour après notre arrivée rue Marcil, alors que mon frère bienheureux s'épivardait dans un camp de vacances près de Granby et que je cuvais le chianti de la veille, ma mère se contenta d'annoncer qu'elle partait à New York pour une semaine. Pour le travail, bien entendu, l'argument massue qui tuait mon père. Que pouvait-il y faire? Le tra-

50

vail c'était de l'argent, et depuis que ma mère avait signé un contrat avec l'émission *Femme d'aujourd'hui*, elle en rapportait des sommes, sinon considérables, à tout le moins non négligeables. Bref, l'efficace stratégie qu'il déployait lorsque ma mère jurait de le quitter devenait nulle et non avenue quand elle le quittait pour aller travailler.

Il y avait certes une différence entre le quitter à jamais et le quitter temporairement pour aller gagner son pain quotidien. Mais je soupçonne mon père de n'avoir pas toujours fait la distinction. Dans le fond, si sa femme avait pu rester à la maison au lieu d'aller faire la belle dans les couloirs de Radio-Canada, il aurait préféré. Sauf qu'il fallait de l'argent pour payer la maison, l'épicerie et les bouteilles de chianti. Son salaire ne suffisait pas. Si bien que mon père s'était fait une raison sans pour autant changer d'avis. À ses yeux, une femme qui rapportait de l'argent à la maison demeurait un ennemi : un ennemi armé avec lequel il fallait malheureusement négocier, quitte à se marcher sur le cœur.

Pâté sino-québécois

Les bras croisés, appuyée contre le cadre de la porte de sa chambre, je regardais ma mère faire sa valise. Elle ne plaisantait pas quand elle avait annoncé au déjeuner qu'elle partait en reportage à New York. Elle y allait pour de vrai, dans quelques heures. En l'apprenant, mon père avait fait une crise, lui reprochant d'abandonner une fois de plus sa famille et de négliger ses devoirs de mère. Puis il était parti en claquant la porte. Ma mère m'avait alors entraînée avec elle en haut dans leur chambre.

— Est-ce que tu te sens négligée par ta mère? m'avait-elle demandé avec dérision.

J'avais haussé les épaules en me retenant de lui avouer que, dans les faits, je n'avais pas de mère. Ou que celle qui répondait à ce nom était bien trop sexy pour être une mère. C'était vrai. Ma mère n'était pas bêtement belle. Elle était spectaculaire avec ses longs cheveux noirs, ses grands yeux verts qu'elle soulignait de khôl et un nez aquilin qu'elle s'était fait refaire pas une mais deux fois. Ma mère était un pétard surtout quand elle moulait son corps dans un *jumpsuit* dont la fermeture éclair lui allait du menton jusqu'au nombril, ou alors quand elle se prenait pour une créature de l'ère du Verseau, ornait ses oreilles d'anneaux plus grands que des pneus de vélo et s'affublait de chapeaux mous, de chemises à jabot et de pantalons pattes d'éléphant. Je la regardais et je voyais un mannequin, une star, une déesse, une divinité, tout sauf une mère.

Sa valise ouverte sur le lit, ma mère avait commencé à y déposer une quantité impressionnante et inutile de bagues, de colliers et de vêtements. Inutile du moins pour une fille qui s'en allait faire un reportage à New York sur les toxicomanes. Me semble que si tu veux soutirer des confessions à un type qui est en train de se *shooter* à l'héroïne, tu t'habilles le plus discrètement possible, pour qu'il oublie ton existence et qu'il se concentre sur le micro, pas sur tes bagues ou ton chapeau. Mais bon, qu'est-ce que je connaissais à la psychologie des toxicos? Rien du tout. D'ailleurs je ne savais même pas à quoi ça ressemblait un toxico avant que ma mère me fasse un dessin et m'explique qu'il y avait sur terre des gens qui prenaient un malin plaisir à se saboter, à se bourrer le corps de cochonneries et à se suicider au compte-gouttes.

Pour mon éducation sociale, culturelle et intellectuelle, ma mère était la championne. C'était à cause d'elle que j'avais lu *Sur la route* de Jack Kerouac, que je m'aspergeais de patchouli, que je fredonnais *Season of the Witch* de Donovan et *White Rabbit* de Jefferson Airplane. À cause d'elle que j'avais fait la promesse formelle que lorsque je serais grande je ne serais pas mère, ménagère, cuisinière ou fleuriste. Non monsieur. Pour le reste, je ne savais pas trop, sinon que je serais une femme libre et émancipée. Quant à savoir dans quelle branche de l'émancipation je me dirigerais, je n'en avais pas le début du commencement d'une idée.

Comme modèle d'affranchissement et d'accomplissement personnel, ma mère était LA référence. C'est pour le reste qu'elle laissait à désirer. Pour la vie normale, la domesticité, le quotidien et son ronron d'une platitude certes abyssale, mais ô combien apaisante.

Quand je voulais juste avoir une mère ordinaire qui me rassure, me réconforte et qui m'attende à quatre heures, pas avec Jack Kerouac ni avec Timothy Leary mais avec des biscuits et un chocolat chaud, elle était carrément aux abonnés absents.

C'est pour ça que très vite Mme Chevrier, la mère de mes amies, qui était ronde comme un tonneau et qui pesait plus de deux cents livres, est devenue mon idéal de mère : un idéal doux, dodu, enveloppant, maternel et pas menaçant. Avec elle, pas de danger que je me sente en compétition ni que je m'inquiète de savoir qui était la plus belle des deux. Avec Mme Chevrier, je pouvais respirer et être une ado comme les autres.

J'ai accompagné ma mère sur le trottoir où l'attendait le taxi. Elle m'a plaqué un baiser sur le front en me disant : sois sage, ma fille. Elle s'est engouffrée dans le véhicule et dès que la portière s'est refermée, mon premier réflexe a été de traverser la rue et d'aller sonner chez les Chevrier comme une enfant abandonnée.

Il était près de midi. Mme Chevrier avait fait son fameux pâté chinois. Je n'exagère pas en affirmant que c'est par son pâté chinois que je suis devenue Québécoise. J'y avais goûté pour la première fois un an plus tôt à mon arrivée rue Marcil. Mme Chevrier s'était amusée du fait que je n'avais jamais vu de pâté chinois de ma vie.

— Tu connais pas ça ? s'était-elle exclamée, l'air ahuri, comme si c'était proprement impossible de ne pas connaître ce plat plus que centenaire improvisé par des Chinois de chemins de fer qui travaillaient sous des ordres culinaires britanniques.

— Ça se peut ! Les Français de France mangent pas pantoute comme nous autres, a ajouté, dans sa grande sagesse anthropologique, Marie-T.

— Je ne suis pas Française! l'ai-je corrigée.

— T'es née là-bas pareil, insista Marie-T.

— Oui, mais ça fait longtemps. J'ai tout oublié!

— R'garde, c'est pas de ta faute! Dis juste à ma mère les affaires bizarres que vous mangez des fois chez vous, plaida Marie-T.

— Laisse-la donc tranquille, lança Élise, souvent énervée par les manières trop directes de sa sœur.

J'ai hésité. J'avais autant envie de dresser la liste des incongruités alimentaires familiales que de subir un traitement de canal. Mais il n'y avait aucune malice chez Marie-T. Seulement une curiosité d'ordre presque touristique. Ne pas y répondre, c'était comme envoyer chier un touriste égaré qui vous demande son chemin. Ça ne se faisait pas.

— Bon, OK, fis-je en soupirant, prête à admettre l'inavouable.

Et l'inavouable, c'était que je ne connaissais pas le pâté chinois, mais je connaissais les escargots, les moules, les artichauts et la blanquette de veau. Je connaissais aussi le Cheez Whiz, la seule concession à la bouffe en plastique américaine permise à la maison. Et même là, ma mère ne pouvait pas s'empêcher de franciser la concession, en étendant le fromage en plastique sur des petites rondelles de baguette française qu'elle glissait ensuite au four pour les griller et qui, immanquablement oubliées, ressortaient carbonisées et couvertes de grosses cloques noires.

Après mon premier pâté chinois rue Marcil, j'avais supplié ma mère d'en faire. Elle n'avait rien voulu savoir. Elle appelait ça du hachis parmentier avec un fond de dédain dans la voix et affirmait que les Chinois n'avaient rien à voir dans l'histoire.

— Ton pâté sino-québécois, c'est un pharmacien français qui l'a inventé. C'est d'ailleurs à cause de lui qu'on bouffe des pommes de terre et qu'on grossit.

Si ma mère s'en était donné la peine, elle aurait probablement mitonné un délicieux hachis sino-québécois. Ma mère était une excellente cuisinière, du genre qui ne suivait aucune recette et y allait au pif et à

58

l'instinct. Et la plupart du temps, sauf pour le Cheez Whiz carbonisé, ça donnait des résultats savoureux. Elle savait même monter des œufs en neige sans qu'ils s'écrasent ou partent à la dérive comme des glaciers chassés par le réchauffement climatique. C'est tout dire.

Sauf que depuis notre arrivée rue Marcil, ma mère ne cuisinait plus, ou si peu. À cause de sa job à *Femme d'aujourd'hui*, elle n'avait supposément plus le temps. Trop de reportages, de filmage, de montage, et la pression continuelle de ses patrons. Et bien franchement, je crois que ça faisait son affaire et qu'elle se servait de tous les prétextes dans l'air pour accrocher son tablier et pulvériser les derniers restants de domesticité en elle.

Elle n'était pas la seule. On peut même dire que *Femme d'aujourd'hui*, une émission au départ axée sur les tâches domestiques, avait en quelque sorte préparé le terrain, en balayant sous le tapis la cuisine, la couture et la décoration intérieure au profit de sujets croustillants comme la pilule, la planification familiale et le divorce, toutes choses confondues qui commençaient à taper sérieusement sur les nerfs des gars en général, et de mon père en particulier.

Non mais, on ne badinait plus. Les femmes étaient en marche vers leur émancipation, et ma mère ne voulait surtout pas rater le train. Elle avait même participé à la Caravane nationale pour l'avortement qui avait eu lieu à Ottawa quelques mois avant qu'on déménage à Montréal. Une immense manif où des Canadiennes des quatre coins du pays s'étaient donné rendez-vous pour dire au gouvernement qu'elles en avaient assez d'être des vaches laitières et des usines à bébés.

Mon père avait bien essayé de décourager ma mère d'y aller en qualifiant l'événement de connerie de bonnes femmes mal baisées.

— Quand t'es mal baisée et enceinte, c'est une raison de plus pour te faire avorter, lui avait vertement répliqué ma mère.

Mon père avait haussé les épaules et levé les yeux au ciel en marmonnant quelque chose comme « Cause toujours ». Et ma mère avait renchéri de plus belle.

— C'est aux femmes de décider si elles veulent des enfants ou non. C'est leur corps. Leur droit.

— Qu'elles prennent la pilule et qu'elles arrêtent de nous faire chier, avait répliqué mon père.

— Y a des accidents qui arrivent. T'en sais quelque chose, avait-elle vicieusement lancé, forçant mon père à battre en retraite tandis qu'elle venait de remporter un aller-retour gratuit pour la manif des mal-baisées.

— Est-ce que je peux y aller avec toi? m'étais-je écriée.

L'idée d'assister à une authentique manifestation m'excitait au plus haut point. Pour le reste, j'étais bien en peine d'expliquer pourquoi les femmes devaient avoir le droit de se faire avorter et en quoi ça consistait exactement, un avortement. On *flushait* le bébé dans la toilette? On donnait une pilule à la mère et elle le vomissait?

J'avais vaguement entendu à travers les branches une histoire confuse de faiseuses d'anges et d'aiguilles à tricoter. J'en avais déduit que les bébés avortés étaient attendus au paradis par des anges qui leur tricotaient des layettes ou des chaussons en phentex.

— S'il te plaît, est-ce que je peux aller à la manif avec maman?

— Pas question! avait tonné mon père. Ta mère te met déjà assez de conneries comme ça dans la tête.

Ma mère n'avait pas insisté. De toute évidence, elle ne me voulait pas dans ses jambes.

Le nez collé à la fenêtre et l'humeur morose, je l'avais regardée sauter dans la Citroën brinquebalante pour aller rejoindre son armée de mal-baisées.

À son retour ce jour-là, elle m'a raconté que cinq cents femmes s'étaient pointées avec leurs pancartes sur le parvis de la colline parlementaire. Une trentaine d'entre elles s'étaient détachées du lot. Regroupées en mode commando, elles avaient foncé sur le parlement, couru dans les couloirs et fait irruption dans la Chambre des communes en criant des slogans et en interrompant les débats de ces messieurs députés.

La police était accourue en catastrophe pour expulser les protestataires. Mais, pas folles, elles avaient prévu le coup. Elles avaient alors sorti de leurs sacs et de leurs poches des menottes et des chaînes pour immédiatement s'attacher aux sièges de ces messieurs et ainsi neutraliser toute tentative d'expulsion. Misère! Vite, les pinces! Les autorités avaient mis plusieurs heures à couper et à scier le métal récalcitrant. Consolez-vous, messieurs, leur a lancé l'une d'entre elles, nous, ça fait deux mille ans qu'on ne vient pas à bout de nos chaînes.

Pour la première fois de son histoire, le parlement canadien a été fermé pour la journée. Tout ça à cause d'une bande de mal-baisées. Nanananana.

— Oui mais l'avortement, ai-je demandé à ma mère à la fin de son récit, ça marche comment exactement?

— Tu connais le principe de l'aspirateur? m'a-t-elle répondu.

Si je connaissais? Dans la famille, c'était moi la préposée à l'aspirateur, mon frère étant trop petit, mon père trop macho et ma mère, toujours occupée ailleurs. Dès qu'il y avait de l'orage dans l'air ou de la chicane, je sortais l'engin et j'aspirais miettes, grains de sable, poussières et poils de toutes sortes pour ainsi ramener planchers et tapis à leur état lisse d'avant le déluge. Je passais l'aspirateur si souvent que j'avais fini par y prendre goût et par voir l'appareil comme un prolongement de moi-même. Ou du moins comme un instrument qui me permettait de nettoyer la surface des choses et de créer un semblant d'ordre qui compensait le désordre émotif et le chaos de ma famille.

— Oui, maman, je sais ce que c'est qu'un aspirateur. Probablement plus que toi.

— Eh bien, c'est simple, a-t-elle poursuivi. On introduit le bec d'un petit aspirateur dans le vagin de la femme et on aspire le bébé. Enfin, pas le bébé. Le fœtus.

— Et le bébé, y sent rien ?

— Le bébé n'existe pas. C'est un embryon. Un tas de matière pas formée.

— Comme une miette de pain ou un grain de sable ?

— Oui, on peut dire ça, a répondu ma mère.

— Mais un jour la miette ou le grain de sable va devenir un être humain, non?

— Pas si la mère décide au départ de l'empêcher de se développer.

— Mais pourquoi, l'empêcher?

— Parce que c'est pas le bon moment, pas la bonne personne… Tu sais, il y a une grande différence entre faire un enfant par amour avec l'homme que t'aimes et tomber enceinte par accident et le garder juste parce que t'es obligée. Maintenant les femmes ne sont plus obligées de garder des enfants dont elles ne veulent pas. Tu comprends?

— Moi, je suis un accident? ai-je demandé avec une pointe d'inquiétude.

— Non, pas toi. Je t'ai voulue. Vraiment voulue.

La poussière, les aspirateurs, les embryons, les accidents, tout cela était un peu confus dans ma tête. Ce qui ne l'était pas, c'est que ma mère m'avait conçue alors qu'elle aimait mon père, ce qui était de moins en moins le cas. Par conséquent, si elle était tombée enceinte à un autre moment, je n'aurais pas valu plus cher qu'un grain de sable ou qu'un poil de chat.

Sur le coup, j'ai chassé cette sinistre idée de mon esprit pour me protéger et ainsi éviter à ma mère de n'être plus à mes yeux qu'une tueuse d'embryons. J'ai remplacé l'image de la tueuse d'embryons par celle d'une Jeanne d'Arc en jabot et pattes d'éléphant qui, contrairement au modèle original, ne se ferait pas avoir. Ma Jeanne d'Arc à moi ne finirait pas *dans* le bûcher mais plutôt *devant*, à surveiller un méchoui d'hommes montés sur des broches et rôtissant lentement au-dessus de la braise.

Tout cela c'était évidemment avant notre arrivée rue Marcil et ma découverte de la bonne et brave Mme Chevrier, Laurette de son prénom. À son contact quasi quotidien, j'avais découvert ce que c'était une mère, une vraie. Pas une Jeanne d'Arc en jabot et pattes d'éléphant. Une mère nourricière, enveloppante, maternelle, maternante même. L'aura de ma pseudo-mère en avait pâli. Plus ça allait, moins ma mère faisait le poids à côté de Mme Chevrier. Il faut dire que ma mère était de plus en plus absente, même quand elle y était : tellement engagée dans son travail, tellement préoccupée par sa carrière, par ce dont elle avait l'air ou pas l'air à la télé, tellement absorbée par son nombril, en somme, que c'était difficile de s'attacher à elle. S'en détacher était nettement plus pratique et avait l'avantage de me prémunir contre la carence affective.

C'est ainsi que par le plus absurde des transferts, alors que ma mère était un modèle féminin d'avant-garde dont j'aurais dû être fière, j'ai plutôt reporté mon affection sur le modèle maternel d'un autre siècle et sa petite femme au foyer soumise et docile.

L'herbe est toujours plus verte chez la voisine. Surtout si on y sert du pâté chinois.

Le mort au milieu de la table

À l'été 1971, selon Statistique Canada, Montréal comptait 66 330 immigrants, dont 6 325 vivant à Notre-Dame-de-Grâce. Sur les 6 325 immigrants du quartier et sans cette fois avoir recours à Statistique Canada, je peux attester qu'il y avait au moins trois Français de France : ma mère, mon père, moi. J'exclus mon frère de huit ans parti au camp de vacances et qui, de toute façon, était né à Ottawa et donc Canadien de naissance, le chanceux.

J'ignore combien de Français de France vivaient rue Marcil avant qu'on y emménage. Je sais par contre que notre arrivée dans le décor a divisé la rue en deux.

De notre côté du trottoir, la France battait pavillon avec son vin à table, sa cuisine à l'huile, son pain baguette, les disques de Philippe Clay et de Juliette Gréco, les gitanes de mon père, les revues féministes de ma mère. De l'autre côté, le Québec ne s'en laissait pas imposer avec son pâté chinois, son sucre à la crème, *Symphorien* au canal 10, *Rue des pignons* au canal 2, les Export A de M. Chevrier et l'*Almanach du peuple* de madame. De l'autre côté, surtout, le Québec avait pour ambassadeurs mes deux charmantes amies et leur trop *cute* grand frère, autant d'éléments atténuants qui me poussaient de plus en plus à m'identifier aux Chevrier et à rejeter tout ce qui avait rapport avec ma propre famille.

J'étais un modèle d'assimilation sur deux pattes. J'absorbais comme une éponge tout ce qui venait de l'autre côté de la rue et qui me faisait oublier que j'étais différente et issue d'un ailleurs incertain et douteux, quelque part au nord de moi-même.

J'étais tellement en symbiose avec les Chevrier que j'étais même prête à voter comme eux, même si je n'étais pas en âge de le faire. Côté politique, j'avais cru comprendre qu'Édilbert, le père, était bleu

Union nationale et que la seule chose que cet homme autrement silencieux, pour ne pas dire muet comme une carmélite, ordonnait à sa femme, c'était de voter bleu comme lui, histoire de ne pas annuler son vote. Laurette le faisait-elle? Difficile à dire.

Édilbert détestait le blanc-bec à Bourassa qui venait de se faire élire mais n'aimait pas tellement plus le flanc-mou à Gabriel Loubier, devenu chef de l'Union nationale un mois plus tôt. J'aurais voulu en savoir un peu plus sur le sujet, mais il y avait désormais un embargo sur la politique à table chez les Chevrier. L'embargo remontait à neuf mois. Et si ça se trouve, il était en vigueur dans bien des familles québécoises cette année-là.

L'interdiction est tombée le soir du dimanche 18 octobre 1970. Cela faisait à peine trois mois que je vivais rue Marcil. Mes parents m'avaient inscrite au chic collège Marie-de-France où j'allais tous les matins avec Élise mais sans Marie-T. À cause de sa tête forte et de sa manie d'envoyer chier les profs, Marie-T. avait été expulsée de Marie-de-France, ce qui dans son esprit était un honneur et méritait une médaille. Pour sa punition, qui n'en était pas une, elle fréquentait le Collège français, reconnu pour recueillir toutes les têtes fortes et les sous-doués des collèges privés.

Notre trio, démantelé la semaine, se ressoudait dès vendredi quatre heures et encore davantage le samedi soir grâce au rituel du pyjama party. Or, le samedi 17 octobre 1970, c'était à mon tour de coucher chez les sœurs Chevrier.

Les deux dormaient dans la même chambre au bout du long couloir qui menait, à droite, à la salle à manger et, à gauche, à leurs deux lits simples. Mme Chevrier avait sorti le petit matelas gonflable et l'avait installé au milieu de la pièce entre les deux lits des filles. Ce soir-là, la veille de la catastrophe, nous avions tamisé l'éclairage des lampes de chevet en les recouvrant de foulards. Puis nous avions parlé jusqu'à tard dans la nuit : de la vie, de l'amour et des garçons. Je m'étais gardée de révéler aux filles mon intérêt croissant pour leur frère. J'avais bien trop peur qu'elles le lui disent. Surtout la grande gueule à Marie-T. C'était en plein son genre. Élise nous avait avoué que lorsqu'elle serait grande, elle serait poète. Ça m'avait beaucoup impressionnée.

Marie-T., la pragmatique, voulait être travailleuse sociale et se battre pour les droits des femmes. Puis, baissant le ton de sa voix habituellement tonitruante, elle nous avait fait jurer de ne jamais répéter ce qu'elle était sur le point de nous révéler. Elle avait même sorti la Bible d'un tiroir pour qu'on jure dessus.

— Vous souvenez-vous de ce que vous avez fait à la fête des Mères en mai dernier? nous a-t-elle demandé.

Élise se souvenait que son père avait invité sa mère à souper au St-Hubert Bar-B-Q. Moi, je me souvenais qu'on vivait encore à Ottawa et qu'en vertu de sa nouvelle émancipation gagnée à la Caravane nationale pour l'avortement ma mère avait refusé de fêter la fête des Mères. Elle avait même affirmé qu'il s'agissait d'un complot de commerçants soucieux d'écouler leur vieux chocolat et leurs stocks d'œillets produits en usine.

— Je suis pas mal d'accord avec ta mère, opina Marie-T. La fête des Mères, c'est une fête rétrograde, c'est pour ça que…

Elle ne termina pas sa phrase, ce qui eut pour effet de nous énerver au maximum.

— Que quoi? Enwoye, parle, s'impatienta Élise.

— C'est pour ça que le jour de la fête des Mères, je suis allée au parc La Fontaine manifester…

— Manifester? Avec qui? demanda Élise, intriguée.

Marie-T. fit durer le supplice encore un peu avant de lâcher le morceau.

— Le FLF.

— Le quoi? jappa Élise.

— Le Front de libération des femmes, dit Marie-T.

Puis elle ajouta, avec une certaine légèreté et beaucoup d'inconscience:

— C'est comme le FLQ, mais pour les filles.

Ce n'était pas tout à fait exact, le FLF étant constitué de militantes et d'activistes, le FLQ, de terroristes, une nuance qui allait bientôt devenir cruellement évidente.

Puis, baissant la voix de quelques octaves, Marie-T. lança, avec un filet de fierté frôlant la vantardise :

— On manifestait pour le droit à l'avortement libre et gratuit.

— Le droit à l'avortement ! répétai-je avec des yeux admiratifs.

Marie-T. m'avait eue. J'étais bouche bée devant son aplomb. De toute évidence, les histoires troubles d'aspirateurs, d'embryons et d'accidents, ne lui faisaient pas un pli sur la conscience. Peut-être n'y avait-elle pas vraiment réfléchi, ou peut-être avait-elle volontairement adopté un point de vue clinique face à la question afin justement de protéger sa bonne ou sa mauvaise conscience. Peu importe, comme elle n'était pas ma mère et que je n'avais pas failli ne jamais naître à cause d'elle, je l'ai félicitée sur-le-champ. Élise en fit autant en lui soutirant la promesse de nous amener avec elle à la prochaine manif.

Le lendemain, le dimanche 18 octobre 1970, on s'est réveillées passé neuf heures.

74

Un soleil de feu dardait ses rayons sur les arbres de la rue et les embrasait une dernière fois avant leur chute.

Lorsque nous sommes arrivées toutes les trois dans la cuisine, la radio était allumée. Mme Chevrier pleurait pendant qu'Édilbert, plus silencieux et catatonique que d'habitude, fumait à la chaîne devant son café refroidi. Sur la table, entre les deux, reposait – au sens figuré, bien entendu – un cadavre tout chaud : celui de Pierre Laporte, assassiné par le FLQ et retrouvé la veille dans le coffre d'une Chevrolet Biscayne bleu-vert, au milieu d'un terrain vague de Saint-Hubert.

— Ils ont tué Pierre Laporte. Le FLQ. Ils ont fait ça ! nous annonça Mme Chevrier avec des sanglots dans la voix.

Elle nous aurait donné un coup de poing dans l'estomac que l'effet aurait été le même.

— QUOI ? avons-nous hurlé en chœur.

Non pas que nous étions des fans du défunt ministre. Nous ne le connaissions même pas avant qu'il soit enlevé. Ce qui nous choquait, nous sciait en deux, nous faisait complètement capoter, c'était qu'il avait été tué par nos héros. Parce que jusqu'à ce moment-là, on les aimait bien, les gars du FLQ. Enfin, on avait appris à les connaître à force d'entendre parler d'eux. On en avait même discuté en classe dans le cours de français. Une élève les avait comparés à Robin des Bois. Toutes les filles de la classe avaient pouffé de rire quand l'élève avait ajouté : « Ben, sans les collants et le carquois. »

Plus tard, Élise et moi avions convenu que la fille avait raison. Les gars du FLQ étaient des Robins des Bois des temps modernes. Dans notre esprit juvénile, l'aspect armé de leur rébellion pesait moins lourd que leurs idéaux de justice sociale et de bonheur pour tous. Et puis comment ne pas trouver cool des types qui accusaient les riches d'en avoir trop et déploraient que les pauvres n'en aient pas assez ?

Cette semaine-là, on avait écouté le lecteur de nouvelles de Radio-Canada lire leur manifeste et on avait bien rigolé. Trudeau la tapette, Bourassa le serin des Simard, Drapeau le *dog*. Y avait aussi Rémi Popol la garcette. On ne le connaissait pas celui-là, mais on avait ri quand même, pliées en quatre et pissant presque dans nos culottes au milieu du salon des Chevrier. Même Édilbert, qui fumait toujours en silence en se berçant, avait esquissé un sourire complice à quelques reprises. D'ailleurs on riait tellement que Jeannot nous avait regardées de travers.

— Écoutez donc au lieu de rire comme des débiles! nous avait-il lancé sur un ton enragé.

C'est fou ce qu'il était déplaisant celui-là. Je me demande bien ce que je pouvais lui trouver. Cette fois-là, on ne l'avait pas écouté et on avait continué à rire en se lançant des regards complices. Dix jours plus tard, par contre, notre fou rire s'est arrêté net-fret-sec. Le FLQ venait de casser notre party pour de bon.

Ce soir-là, le soir du dimanche 18 octobre 1970, Mme Chevrier m'a invitée à souper. J'étais tellement sonnée que j'ai dit oui sans même y penser ni sans appeler mes parents pour les prévenir.

Nous avons pris place à table, le cœur lourd, en fixant distraitement le roast-beef, la sauce brune, la purée et les petits pois que Mme Chevrier avait disposés dans des plats au milieu de la table, là où gisait le cadavre maintenant refroidi de Pierre Laporte.

Même si la nouvelle datait du matin, nous étions encore sous le choc de sa mort mais surtout rongées par la culpabilité d'avoir déjà applaudi le FLQ et d'avoir, en somme, encouragé son équipe.

— C'est épouvantable ce qu'ils ont fait. C'est des criminels! s'est écriée Marie-T., comme si des terroristes, ça pouvait être autre chose que des criminels.

— Pierre Laporte avait une femme, des enfants, en plus il s'occupait de sa mère, de sa sœur et des enfants d'un de ses frères. Qu'est-ce qu'ils vont faire maintenant? s'est inquiétée Élise, qui semblait très au courant des obligations familiales du ministre.

Jeannot est intervenu une première fois pour dire que tout ça c'était la faute à Bourassa. Qu'il aurait pu sauver son ministre et qu'il ne l'avait pas fait.

— C'était pas une raison pour le tuer pareil, a rétorqué Mme Chevrier.

— Tu sauras que dans sa lettre à Bourassa, m'man, il disait qu'il était en santé et traité avec courtoisie, OK là ! Après ça, à la fin de la lettre, il disait à Bourassa : « Décide… de ma vie ou de ma mort… » Décide !

— Es-tu en train de dire que Bourassa l'a tué ?

— Oui. Si Bourassa avait accepté de libérer les prisonniers politiques, Laporte serait vivant.

— Laisse faire Bourassa, fit Mme Chevrier avec agacement. Ils avaient rien qu'à pas le tuer. Bon.

— Ta mère a raison, intervint Édilbert. Faut être sauvage en batèche pour faire ce qu'ils ont fait.

Malheureusement la logique des parents Chevrier était étrangère à leur fils et, à la limite, insupportable à ses oreilles. Celui-ci s'est levé brusquement en cognant de son poing sur la table et en créant de fortes vagues dans les verres d'eau trop remplis.

— Ostie que vous comprenez rien ! fit-il en quittant précipitamment la table,

emportant un bout de nappe qui fut rapa-
trié de justesse et anéantissant pour longtemps la possibilité d'une discussion politique sereine chez les Chevrier.

La musique adoucit les mœurs, mais la
politique, quand elle s'invite à table, attise
la chicane comme les brûlures d'estomac.

Fée des tavernes

Le 16 juillet 1971 était un vendredi. Je m'en souviens parce que la journée avait commencé dans la plus plate platitude. Ma mère n'était toujours pas revenue de son reportage à New York. La conséquence immédiate, c'était que la maison était comme de raison dans un état de décomposition avancée, pour ne pas dire de décomposition préméditée. Car toutes les fois que ma mère partait en reportage, mon père se vengeait. Sachant que le désir d'émancipation de ma mère allait de pair avec la culpabilité qui la poussait à vouloir s'amender chaque fois qu'elle revenait au bercail, il désorganisait la maison à son intention. Il sortait des tonnes de vaisselle qu'il laissait traîner sur le comptoir, ouvrait les tiroirs sans les refermer, laissait les portes de placard béantes, comme des bouches grandes ouvertes en mal d'attention, empilait des montagnes de linge propre pas plié sur le divan du salon ou la table de la salle à manger. Bref, il foutait le bordel.

Mon père était sans doute un très mauvais mari doublé d'un homme des tavernes tout à fait de son temps, mais ce n'était pas un mauvais père. C'était un homme de famille, qui aimait avoir sa tribu rassemblée autour de lui. Certains jours, quand il était de bonne humeur et qu'il ne râlait pas, il pouvait être franchement sympa. Il faisait des blagues, me présentait à ses amis comme la septième merveille du monde, et dès que j'entreprenais quelque chose, n'importe quoi, sauf évidemment passer l'aspirateur, il s'inquiétait à ce point pour ma sécurité qu'il le faisait à ma place. Ce qui je l'avoue n'était pas la meilleure méthode pour faire de moi un être autonome. Peu importe le geste sur le point d'être posé – ouvrir une boîte de soupe, repriser un bas troué, clouer une étagère de bibliothèque, gratter la guitare, apprendre à faire du vélo –, il avait toujours la même réplique : laisse-moi faire, t'es pas capable.

Je sais que mon père ne voulait pas mal faire. Qu'il cherchait seulement à s'assurer que je ne me blesse pas en me piquant le doigt au sang, en m'assommant avec un marteau, en m'électrocutant ou en me cassant la clavicule en vélo. Mais le résultat, c'est qu'à force de me faire dire, même gentiment et même par automatisme, « T'es pas capable », je finissais par m'en convaincre moi-même. Pas capable était devenu mon deuxième nom ou peut-être même, mon premier. Pas capable par-ci, pas capable par-là. J'aurais pu en vouloir amèrement à mon père. Mais j'étais une bonne fille, pas très rancunière et déjà consciente que son pas capable n'était que le reflet de ce que la société paternaliste de ces années-là pensait, non seulement de moi, mais de toutes les femmes. C'était une mince consolation, mais une consolation quand même.

Toute cette matinée-là, j'ai erré dans le champ de ruines de la maison en prenant bien soin de ne toucher à rien, en bonne pas capable que j'étais. Et puis le téléphone a sonné. Élise voulait savoir si j'avais des plans pour la journée. J'avais l'impression d'entendre une monitrice de maternelle.

— Un plan ? Tu veux rire ?

— Ben quoi, tu pourrais avoir planifié une activité quelconque. C'est pas parce qu'on est en vacances qu'on n'a pas de plan.

— T'as raison, j'ai un plan.

— C'est quoi ?

— Me pogner le beigne et bâiller jusqu'à m'en décrocher la mâchoire.

Élise m'a traitée d'épaisse en riant. On s'est donné rendez-vous sur l'escalier gris souris qui courait sur la largeur des deux duplex. Nous nous y sommes installées comme sur les rochers d'une plage, conscientes que nous bloquions le passage et que les proprios ne manqueraient pas de nous le rappeler. « C'est pas une place publique ici ! C'est une voie de passage ! » répéteraient-ils. Sauf que ce jour-là, même les proprios et leurs commentaires désobligeants nous ont fait faux bond.

C'était le 16 juillet 1971. Il faisait ni chaud ni froid et on s'ennuyait à mort quand subitement la porte d'entrée des Chevrier s'est ouverte. Marie-T. est apparue sur le seuil. Elle était boutonnée jusqu'au cou et portait des lunettes de soleil et une casquette sous laquelle elle avait remonté ses cheveux. Un grand tube en carton dépassait de son sac à dos. On a évidemment voulu savoir où elle allait. Elle a commencé par répondre que ce n'était pas de nos affaires. On n'a pas vraiment apprécié. On a même menacé d'aller bavasser aux parents Chevrier.

Marie-T. a vite compris qu'elle avait intérêt à descendre de ses grands chevaux si elle voulait nous avoir comme alliées.

— J'aimerais ben ça vous le dire, mais je peux pas. J'ai juré.

— Juré à qui? s'est enquise Élise.

— Je peux pas le dire.

— Allez! *Come on!* Tu fais toujours des montagnes avec des affaires qui sont même pas graves, a insisté Élise.

— Je peux pas. Vraiment pas. Ça pourrait tout compromettre.

Compromettre : autant dire que le mot était mal choisi pour calmer la curiosité dévorante de deux filles désœuvrées.

Marie-T. aurait pu nous répondre qu'elle allait à la bibliothèque rendre des livres ou à la pharmacie acheter des serviettes sanitaires. On lui aurait foutu la paix, assez vite merci. Mais Marie-T. aimait faire des mystères. Elle allait en payer le prix.

— T'as vraiment rien à craindre. On le dira à personne. On sera muettes comme des tombes, lui ai-je lancé en cherchant à faire appel à sa solidarité. Peine perdue.

— J'aimerais bien, mais je peux pas. En tous les cas, pas tout de suite. Après si vous voulez, je vous raconterai… mais pas là.

Elle a regardé sa montre.

— Il faut que j'y aille, a-t-elle lancé en nous plantant là.

— OK, bye, à tantôt! ai-je lancé sur un ton faussement conciliant. Élise trouvait que je l'avais laissée partir pour pas cher.

— Qui te dit que je l'ai laissée partir? Allez, viens-t'en, on va la suivre.

Élise était ravie de mon ingéniosité. En effet, quoi de plus ingénieux pour tuer le temps d'un été qui s'enlisait dans la monotonie que de jouer au détective et de filer sa grande sœur habillée comme pour un vol de banque. Marie-T. était presque rendue à la rue Terrebonne quand on s'est lancées à sa poursuite. Elle marchait vite et on a dû accélérer le pas, tout en maintenant une saine distance pour qu'elle ne nous repère pas. Une fois, une seule fois, elle s'est retournée, nous précipitant, hilares, dans une haie de cèdres.

On l'a talonnée jusqu'à la rue Sherbrooke, qu'elle a traversée avant de se diriger vers l'arrêt d'autobus. Comme elle nous faisait dos, on en a profité pour faire de même et on s'est cachées derrière un camion stationné le long du trottoir. Appuyées contre le pare-chocs plein de poussière, on a aperçu au loin l'autobus de Marie-T. Le prendre ou pas? Et, le cas échéant, comment échapper à son regard? Il n'y avait pas mille solutions, et le saut sans parachute sur le toit du bus façon James Bond n'était décidément pas une option.

Marie-T. venait de s'asseoir dans le bus sur un banc à une place le long de la fenêtre, quand elle nous a vues entrer.

— Vous m'avez pas suivie! s'est-elle écriée avec sa perspicacité habituelle.

Pour toute réponse, on a pouffé de rire. Marie-T. était tellement en maudit contre nous qu'elle ne nous a pas adressé la parole de tout le trajet. On avait beau multiplier les grimaces pour la dérider, rien n'y faisait. À l'angle de Sherbrooke et de Saint-Hubert, elle a tenté un geste désespéré pour nous semer. La porte arrière allait se refermer quand elle s'est ruée *in extremis* entre ses deux battants pour s'extraire du bus. On s'est précipitées vers la porte à notre tour, en tirant énergiquement sur le cordon de la sonnette. Le chauffeur n'était pas content, mais comme la lumière venait de passer au rouge, il nous a ouvert.

Marie-T. nous attendait de pied ferme sur le trottoir, avec des yeux méchants.

— Vous pensez peut-être que c'est un jeu, tout ça, mais ça l'est pas! C'est très sérieux ce que je m'en vas faire. Je niaise pas, moi. Pas comme vous!

— Je te gage qu'elle s'en va rencontrer un gars, a gloussé Élise.

Séduite par la perspective et convaincue

compte, a lancé Marie-T. avant de nous planter là et d'aller rejoindre les manifestantes et leurs principes.

Le groupe s'est resserré en formant un demi-cercle, comme au football. Par prudence, nous nous sommes légèrement écartées d'elles. Nous voulions bien assister au spectacle, mais pas de trop près. Surtout, nous ne voulions pas que quiconque fasse un amalgame et nous associe *de facto* à Marie-T. et à ses énervées.

Une des manifestantes, une rousse avec un bandeau d'Indienne autour de la tête, a sonné la charge. Les autres se sont mises à crier et à scander des slogans. Puis une des filles a poussé la porte de la taverne et l'a tenue grande ouverte pendant que les manifestantes s'y engouffraient les unes après les autres. Élise et moi, autant dire les seules filles sensées du coin, avons échangé un regard horrifié.

— Mais qu'est-ce qu'elles font? Elles n'ont pas le droit, a gémi Élise.

— On ferait mieux de traverser la rue, ai-je lancé en tirant sur le bras d'Élise et en essayant de contrôler ma panique devant un acte de transgression qui dépassait la logique de mes quatorze ans.

On a su par la suite qu'une fois dans la taverne les filles se sont assises aux tables dans le chahut le plus complet. Certains gars riaient, d'autres sifflaient, d'autres étaient juste trop soûls pour se rendre compte qu'une bande de filles étaient en train de profaner leur temple. Il y avait de grosses caisses de Labatt 50 et de Molson le long du mur près de la porte et, sur le tableau d'affichage, la photo d'une pitoune à moitié nue posant pour un calendrier jauni datant de l'après-guerre. La fille avec le bandeau d'Indienne s'est fait un plaisir de l'arracher du mur. Le gérant du temple a vivement interpellé les filles en leur criant qu'elles n'avaient pas le droit de faire ce qu'elles faisaient, que c'était contre la loi.

— Ah oui? a répliqué la grande gueule du lot. Eh ben, faut la changer, la loi!

— Vous êtes des féministes, c'est ça, hein? a grogné le gérant avec dédain.

— Non! On est des fées. Les fées des tavernes, a répondu la grande gueule.

Les autres filles ont applaudi, puis une

poignée d'entre elles ont contourné le gérant et se sont glissées derrière le comptoir où trônaient, tels des soldats de verre, les salières et les gros pots d'œufs et de langues dans le vinaigre. S'emparant des verres stérilisés, certaines d'entre elles les ont lancés aux receveuses de l'autre côté du comptoir pendant que les fées préposées à la bière en remplissaient des pichets. Le gérant s'est rué sur le téléphone. Maudites féministes !

Peu de temps après, des sirènes de police ont résonné au loin. Les fées des tavernes auraient dû normalement prendre la poudre d'escampette. Après tout, c'était évident qu'elles allaient finir en prison avec, au mieux, une amende à payer et, au pire, un casier judiciaire. Mais la conviction d'être dans leur bon droit leur avait donné une détermination à toute épreuve qui n'était pas sans rappeler la détermination des fées du Parlement, enchaînées aux bureaux des députés. C'est pourquoi, au signal et malgré l'arrivée imminente des forces de l'ordre, les fées des tavernes ont trinqué avant de reprendre leur place aux tables et d'attendre qu'on vienne les arrêter.

Du plomb dans l'aile

On a regardé, effarées, Marie-T. sortir de la taverne, menottée dans le dos et solidement maintenue par une matrone qui l'a poussée dans le panier à salade. On aurait voulu au moins croiser son regard et y lire un message, « Vos gueules ! » ou « Au secours ! », peu importe. Même un grognement aurait fait l'affaire. Mais Marie-T. a été avalée par le panier à salade comme Jonas par la baleine sans souffler un mot.

Élise se retenait pour ne pas pleurer. Moi, je pensais à ce qu'on allait dire aux parents Chevrier. Parce qu'on serait bien obligées de dire quelque chose. Mentir dans ce cas-là était contre-indiqué. Mais quoi leur dire, et comment ? Et puis à partir de quel moment faire débuter le récit pour ne pas trop les affoler ? Dans le panier à salade ou dans le temple profané ? Dans les deux cas, la crise d'apoplexie de Mme Chevrier était garantie.

Les policiers ordonnaient à tout le monde de circuler même si leurs bagnoles surmontées de cerises criardes et stationnées dans tous les sens bloquaient la rue. Nous avons néanmoins obéi et commencé à circuler en regardant les portes du panier à salade se refermer lourdement sur Marie-T., scellant notre certitude que sa vie était finie et qu'elle allait passer ce qu'il en restait en prison.

La mort dans l'âme, nous avons remonté la côte de la rue Saint-Hubert jusqu'à Sherbrooke et sauté dans le premier bus qui passait. Le trajet jusqu'à la maison a pris cent ans sans pour autant nous fournir la moindre idée sur la marche à suivre. Le poids du monde pesait sur nos épaules. Puis, près de la maison des Chevrier, nous avons aperçu Jeannot, plus vieux, plus expérimenté et mieux versé que nous dans ce type de catastrophe, et le poids du monde s'est considérablement allégé.

Assis sur la galerie avant, sa chaise inclinée par en arrière et son pied gauche appuyé contre la balustrade pour maintenir son équilibre, Jeannot grattait sa guitare. Il fredonnait une mélodie douce et dissonante qu'il reproduisait en même temps sur son instrument. C'était rare que Jeannot joue ainsi en public, et il fallait que ce soit le jour précis où sa sœur était entrée de plain-pied dans le monde carcéral avec les parias de la société.

Élise et moi avons enjambé la balustrade, ce qui a déstabilisé la chaise de Jeannot qui évidemment s'est impatienté et a cessé de jouer sur-le-champ.

— Qu'essé que vous voulez encore?

— Dis-lui, a lancé Élise d'un air mortifié, moi je vais me mettre à brailler si je parle.

— Marie-T. a été arrêtée, ai-je bredouillé.

— Arrêtée? Hein? Arrêtée par qui?

Visiblement, Jeannot n'avait pas l'air de comprendre ni d'imaginer que le verbe *arrêter*, au sens d'incarcérer, voire d'emprisonner, puisse avoir le moindre lien avec une de ses sœurs. Dans son esprit, la seule chose qui pouvait arrêter ses sœurs, c'étaient les feux de circulation ou le clown déguisé en brigadier au coin de la rue.

— Par la police! Qui d'autre?

— Je vous crois pas!

— T'es aussi ben, a fulminé Élise, parce qu'on a vu Marie-T. se faire embarquer dans le panier à salade avec toutes les autres féministes! Là, elle est probablement déjà rendue en prison, pis si ça se trouve ils sont peut-être en train de la torturer!

— Depuis quand Marie-T. est féministe? a demandé Jeannot, une question qui dans d'autres circonstances aurait été légitime mais qui, à ce moment-là des événements, témoignait d'un manque flagrant de sensibilité et d'empathie.

Élise n'avait pas envie de lui répondre, et moi non plus. C'était trop compliqué et puis, de toute façon, on n'avait aucune idée si Marie-T. était vraiment féministe ou si elle se cherchait seulement une activité stimulante pour l'été. C'est pourquoi, au lieu de spéculer sur l'authenticité des allégeances de sa sœur, Élise a préféré passer aux choses plus pratiques.

— Qu'est-ce qu'on fait? Est-ce qu'on le dit aux parents ou non? a-t-elle lancé en se rongeant ce qui lui restait d'ongles.

Jeannot n'a pas réfléchi à la question longtemps. Sa réponse a fusé comme la flèche du néon éteint au-dessus de la taverne.

— Mieux vaut prévenir 'pa pis 'man avant que les bœufs le fassent, a-t-il décrété.

Les *bœufs*: Jeannot ne s'embarrassait pas de termes techniques ni de formules polies. Il n'y avait ni *flics*, ni *policiers*, ni *police*, ni *forces constabulaires* dans son vocabulaire. Il n'y avait qu'une boursouflure bovine pour laquelle il n'avait aucun respect. Je trouvais ça plutôt inspirant.

Jeannot s'est levé. Il a ouvert les portes-fenêtres entre le balcon et le salon afin d'aller réveiller son père qui somnolait dans son lazy-boy.

Élise et moi en avons profité pour filer dans la cuisine rejoindre Mme Chevrier. Droites comme des piquets, nous avons multiplié les blagues en attendant que Jeannot lui annonce la catastrophe. Mme Chevrier a essuyé ses mains rougies sur son tablier avant de prendre place au bout de la table de formica.

— Qu'est-ce qui se passe? Vous avez donc ben l'air bizarres, a-t-elle plaisanté.

Nous n'avons pas eu le temps de lui bricoler une réponse. Édilbert venait d'entrer dans la pièce, la cigarette au bec, comme d'habitude. Ma main au feu que cet homme fumait même dans son sommeil. Jeannot s'est amené dans la cuisine à son tour sans avoir rien dit à son père sinon qu'il voulait lui parler, à lui et à sa femme. Édilbert s'est dirigé vers la chaise à l'autre bout de la table en formica, mais avant qu'il puisse l'atteindre le téléphone sur le mur s'est mis à sonner.

Jeannot s'est précipité devant l'appareil pour empêcher son père de répondre.

— C'est les bœufs! Marie-T. a été arrêtée dans une manif. Réponds pas!

Laurette a porté la main à son cœur et Édilbert est resté saisi quelques secondes sans bouger. Mais le téléphone a insisté comme il insiste toujours et, de guerre lasse, Édilbert a écarté son fils pour y répondre.

— Oui. C'est moi. Oui, je suis son père…

Cette confirmation laconique fut suivie d'un long et lourd silence qui s'est répandu comme de la mélasse sur le prélart. M. Chevrier écoutait en hochant la tête pendant que madame, la main plaquée sur sa bouche, essayait de contrôler le ragoût d'émotions qui bouillonnait en elle. Quand il a raccroché, M. Chevrier s'est allumé une cigarette même s'il en avait déjà une qui fumait dans le cendrier à côté du téléphone.

— Elle est au poste de police. J'vas aller la chercher, a-t-il dit.

— Au poste de police! Pour l'amour du saint ciel, qu'est-ce qu'elle a fait? s'est lamentée madame.

— Du grabuge dans une taverne, a répliqué avec mauvaise humeur M. Chevrier.

— Elle protestait contre la discrimination des femmes dans les tavernes, a corrigé Élise.

M. et Mme Chevrier ont alors lancé un regard parfaitement perplexe à leur plus jeune fille, comme si elle venait de proférer la chose la plus étrange du monde. Dans leur esprit, il n'y avait pas, il ne pouvait y avoir aucun, absolument aucun, lien de cause à effet entre taverne et discrimination. Pour les parents Chevrier, l'équation était simple : de tout temps ou du moins depuis le premier permis de taverne octroyé au premier aubergiste du Nouveau Monde, les hommes d'ici avaient eu besoin de se retrouver entre eux à l'abri des femmes dans des salles sombres fleurant le houblon. Et les femmes y avaient consenti comme la chose la plus normale du monde. À cet égard, la taverne avait rempli une fonction sociale essentielle à l'équilibre psychique masculin, à la bonne entente des couples et, ultimement, à l'harmonie de la société. Et voilà que ce fragile équilibre était menacé par une bande de filles armées de pancartes ! Ridicule, devaient penser M. et Mme Chevrier.

Quant à Jeannot, ai-je rêvé ? J'ai cru voir l'ombre d'un sourire traverser sa belle bouche. Mais c'était difficile d'en percevoir la vraie nature. Était-ce un sourire admiratif du cran de Marie-T. ou un sourire moqueur envers sa naïveté ? Le cas échéant, Jeannot croyait-il, comme la plupart des hommes de cette époque, que la taverne était un lieu sacré, coulé dans le béton immuable des traditions ?

J'en avais aucune idée mais si je me fie à la suite des événements, j'aurais tendance à croire qu'il approuvait les écarts de sa sœur. Oui. Il les approuvait entièrement.

La transparence des cages

Marie-T. avait échappé à la prison. Le procureur chargé du dossier à la Cour du bien-être social de Montréal l'avait prise en pitié. Dans ce temps-là, les mineurs, jugés irresponsables ou alors tout simplement idiots, étaient souvent pris en pitié. Comme Marie-T. n'avait pas encore seize ans, qu'elle n'avait jamais eu de démêlés avec la justice et que le procureur était convaincu qu'elle avait été froidement manipulée par une bande de féministes hystériques, il avait décidé de lui donner une deuxième chance et de lui éviter le tribunal.

— Votre fille a été entraînée malgré elle dans une ambiance de délit. Les féministes ont abusé de sa naïveté et l'ont manipulée, annonça-t-il à M. Chevrier.

Marie-T. voulut protester, furieuse de passer pour une idiote, manipulée d'un côté, et infantilisée de l'autre. La vérité c'est que personne ne l'avait forcée à prendre d'assaut une taverne. Elle avait entendu parler de l'action à travers les branches, avait appelé une des organisatrices et l'avait suppliée de lui permettre d'y participer en mentant évidemment sur son âge. Mais elle avait à peine ouvert la bouche pour se justifier que le regard noir de son père l'arrêta sur-le-champ.

— Elle a besoin d'aide, de direction et d'une bonne surveillance. Je compte sur vous et votre femme pour y voir, lui lança le procureur.

Son ton paternaliste donna à Marie-T. des boutons et une envie irrépressible de l'envoyer chier. Mais vu sa situation et les quelques heures traumatisantes qu'elle avait passées dans une cellule qui puait le pipi, elle la boucla.

De retour rue Marcil, elle fut condamnée à rester confinée dans sa chambre pendant une semaine. Elle n'aurait la permission de quitter sa cage qu'aux repas. Quant à Élise, elle n'avait aucun droit de visite à sa sœur, sauf au coucher. Ce n'était pas tout : une fois sa peine purgée, Marie-T. serait obligée d'informer ses parents de ses allées et venues, de fournir les adresses où elle allait et le temps qu'elle comptait y passer. Elle devrait donner l'heure de ses retours, et au moindre retard elle serait à nouveau confinée pendant une semaine dans sa chambre. En fin de compte, la sentence parentale faisait presque regretter la vraie prison.

L'ambiance chez les Chevrier pour une rare fois n'était pas des plus joyeuses et me poussa à retourner dans mes terres. La journée avait été longue. L'heure du souper approchait. Quand j'ai passé la porte de notre maison, une surprise m'attendait. Ma mère était rentrée de New York. Elle n'avait finalement pas profité de ce voyage pour quitter mon père et disparaître dans la nature.

Sa valise était grande ouverte au milieu du salon. Elle nous avait rapporté des cadeaux : un col roulé lie-de-vin pour mon père, un écran magique pour mon petit frère, toujours pas revenu de son camp, et pour moi, un magnifique poncho en laine de lama et d'alpaga dans des teintes de beige, de sable et de brun. Aussi doux et soyeux que la doudou de Linus dans Charlie Brown.

Ma mère adorait faire des cadeaux ou jeter son argent par les fenêtres, comme le lui reprochait sans cesse mon père. L'accusation était injuste puisque l'argent jeté par les fenêtres revenait par la porte sous forme d'offrandes de toutes sortes. Cette fois-ci, en plus, ma mère avait décidé de se faire plaisir et de s'acheter une paire de bottes blanches en vinyle – des *granny boots* – lacées sur toute la hauteur en avant avec une fermeture sur le côté. Elles étaient si belles que j'aurais fait bien des bassesses pour en avoir de semblables.

En même temps, connaissant ma mère, dans quelques mois, ses belles bottes blanches auraient perdu leur nouveauté et donc leur attrait. Par conséquent, j'étais quasi assurée d'en hériter. Quant à l'autre cadeau new-yorkais que ma mère s'était offert, il était très étonnant. Je n'avais jamais vu pareil objet, mais à bien y penser, sa symbolique était tout à fait appropriée pour l'époque. Il s'agissait d'un parapluie dernier cri : lorsqu'on l'ouvrait, le parapluie prenait la forme d'une cage transparente. C'était le *birdcage umbrella,* conçu dans l'usine britannique du roi du parapluie, Arnold Fulton. Ma mère prétendait l'avoir acheté parce qu'elle avait été surprise par une averse alors qu'elle se promenait dans Greenwich Village. Moi je suis convaincue que ce qui l'avait attirée c'était d'abord la cage, mais aussi le fait qu'elle soit transparente : une cage en verre, en somme, où la femme qui s'y abritait était à la fois enfermée, protégée, mais avec des yeux tout le tour de la tête. Enfermée mais lucide. En cage mais pas aveugle.

Mon père s'empara immédiatement du parapluie et l'ouvrit, ce qui fit pousser les hauts cris à ma mère.

— Referme-le ! Un parapluie ouvert dans une maison, ça porte malheur !

Mais mon père n'était pas superstitieux. Une main efféminée sur une hanche, l'autre autour du manche du parapluie, il se promenait en zozotant et en se faisant passer pour un travelo ; une très mauvaise copie de travelo.

— Alors mesdames, comment me trouvez-vous ? Je suis belle, hein ?

— T'es pas belle, t'es con ! fit ma mère en rigolant.

— T'es jalouse, c'est tout, fit mon père.

Ma mère essaya de lui enlever le parapluie des mains et de le refermer. Mon père résista à la manœuvre et faillit l'éborgner. Puis ma mère se retrouva sous le parapluie ouvert et mon père réussit à le lui fermer sur la tête. Elle poussa les hauts cris à nouveau en rigolant. Je pris conscience que ça faisait des lunes et plusieurs révolutions du soleil que je n'avais pas vu mes parents s'amuser et prendre plaisir à être ensemble. L'atmosphère s'en trouva subitement allégée comme si la maison avait été vaporisée à la bonne vibration conjugale. Un peu plus et c'était la fête.

Mes parents arrêtèrent leurs jeux pour aller préparer le souper. Mon père fit griller des côtelettes d'agneau dans la poêle pendant que ma mère préparait la salade et la purée. Elle en profita pour me demander comment avait été ma journée. Je me contentai d'un « bien » mi-

cuit, sans souffler mot des aventures car-
cérales de Marie-T. Ce n'était pas le meilleur moment, et pour peu que mon père
apprenne ce qui s'était passé, j'aurais probablement écopé d'une punition pour
complicité.

Mon silence stratégique permit à ma
mère de passer à son sujet préféré : elle-
même, mais un elle-même bonifié par un
voyage à New York, un tournage à Harlem,
la rencontre d'une bande de toxicos dans
une clinique et la découverte de leur médi-
cament miracle – la méthadone – qui les
libérait de la dépendance à l'héroïne, mais
les rendait dépendants... à la méthadone.

On s'est assis tous les trois à table et
j'avais à peine entamé ma deuxième côte-
lette quand mes parents ont commencé à
s'engueuler. Le sujet de discorde tournait
toujours autour des deux sempiternels
mêmes thèmes : l'argent et le sexe. Enfin,
pas le sexe en tant que tel, mais le sexe en
tant qu'instrument d'infidélité conjugale.

De la même manière que mon père trai-
tait ma mère d'alcoolique parce qu'elle
aimait bien le scotch, il lui reprochait de

baiser avec la planète au complet. Tous les hommes qu'elle croisait dans l'exercice de ses fonctions professionnelles, sociales ou même épicières étaient considérés comme d'hypothétiques amants, au présent, au passé comme au futur. « Celui-là, je suppose que t'as baisé avec lui ? » n'était peut-être pas la question préférée de mon père mais il la posait souvent. Ma mère, bien entendu, protestait et clamait son innocence. Elle reprochait à mon père d'être obsédé et elle avait entièrement raison. Mon père était tellement obsédé par le sexe que je n'aurais pas été surprise d'apprendre que c'était lui en fin de compte qui baisait avec la planète au complet.

Ils ont continué à s'engueuler, à se reprocher ceci et cela. Je me suis levée de table sans qu'ils le remarquent. Les effluves de la bonne entente conjugale s'étaient évaporés. J'ai jeté un coup d'œil par la fenêtre. Élise et Jeannot étaient revenus sur leur galerie.

Même s'il faisait chaud, j'ai pris mon poncho en laine de lama et d'alpaga et je l'ai serré contre moi. Puis j'ai lancé à tue-tête aux parents que j'allais chez les voisins. Je crois qu'ils m'ont entendue sans m'entendre ni m'écouter. Cette surdité parentale avait ses avantages. Elle me permettait en fin de compte d'aller et venir comme bon me semblait. J'étais libre malgré ma cage. Libre ou peut-être tout simplement transparente.

Un espace proche du Norad

Élise a déplié une chaise en aluminium et raphia synthétique. Elle l'a installée à côté de la sienne sur la galerie qui était de la taille d'un carré de sable. En y prenant place, j'ai regardé Jeannot du coin de l'œil. Absorbé par les cordes de sa guitare et par la mélodie douce et mélancolique qu'il en tirait, il était beau à voir. Assise à quelques pouces de lui, je n'avais qu'à faire un geste de la main pour le frôler par accident. De temps à autre, une mèche noire et lustrée de son abondante chevelure tombait et lui barrait les yeux. Ce que j'aurais donné pour la lui replacer !

La voix d'Élise m'a rappelée à l'ordre. M'avait-elle vu regarder Jeannot ? Avait-elle deviné que je le trouvais de mon goût ?

On parlait souvent des garçons ensemble, mais comme des entités abstraites sur lesquelles on fantasmait sans désir réel de réciprocité. Ni l'une ni l'autre n'avions encore eu d'amoureux et je ne sais trop ce qui, à ce moment-là, pesait le plus dans notre petit cœur affolé : notre désir fou de rencontrer l'amour ou notre peur panique d'y succomber.

Jeannot avait accéléré le rythme et jouait maintenant avec difficulté une pièce classique. Je me suis informée de l'état de Marie-T. en reluquant les géraniums dans leurs jardinières le long de la balustrade en fer forgé et en regrettant que mes parents n'aient pas le moindre talent pour les plantes.

— Comment va la prisonnière ?

— Elle a refusé de manger, a répondu Élise.

— Elle fait une grève de la faim ?

— Nah… Je pense qu'elle veut juste gosser les parents et les faire filer *cheap*.

— Est-ce que ça marche ?

— Ils veulent l'envoyer voir un sichologue, a répliqué Élise.

— Un psy-chologue, ai-je corrigé.

Élise a fait comme si de rien n'était et comme si elle avait toujours su la différence entre un *psy* et un *si*...

— Franchement, si Marie-T. est folle, on l'est tous, a conclu Élise.

Jeannot a cessé de jouer de la guitare pour se mêler à la discussion. C'était bien la première fois qu'il prenait la peine de nous considérer comme des interlocutrices valables et de partager avec nous des miettes de sa grande sagesse. Il a rapproché sa chaise des nôtres. Son visage était maintenant à un pouce du mien. Je croyais rêver.

— Les parents sont complètement déconnectés, a-t-il commencé. Ils ne voient pas qu'il se passe de quoi au Québec, que le monde est écœuré des mêmes vieilles manières, de la même vieille politique, et qu'il faut que ça change... Les parents y voient rien de tout ça... Ça va être un méchant réveil le jour où tout ça va leur exploser en pleine face !

Une question délicate me brûlait les lèvres. Je savais que ma question risquait d'embarrasser Jeannot, et sa réponse, de me décevoir, mais c'était l'été 1971, Jim Morrison était mort et si je ne me déniaisais pas, personne ne le ferait pour moi.

— Toi, Jeannot, est-ce que tu trouves que les tavernes devraient encore être interdites aux femmes?

Jeannot a esquissé un petit sourire qui n'était pas narquois mais amical, ou alors amicalement songeur. Peu importe. Il a balancé sa tête par en arrière en se passant la main dans les cheveux.

— Moi?

Jeannot a fait une pause comme pour faire durer le suspense.

— Moi… je suis pour l'égalité entre les hommes et les femmes… partout et tout le temps… De toute façon, la révolution pourra pas se faire si les filles sont pas avec nous autres… On a besoin d'elles pour libérer le peuple québécois… Pis si y faut qu'on prépare la révolution à la taverne, ben, va ben falloir qu'elles y entrent pis qu'elles viennent prendre une bière avec nous autres, qu'on en jase un peu… Pis un coup qu'on aura ben jasé, on va passer à l'action, fit-il avec un sourire carnassier.

— Wow! Fait que t'es féministe! me suis-je écriée avec un surplus d'enthousiasme.

Jeannot a souri, a sorti une cigarette du paquet dans sa poche de pantalon et s'est mis à la taper sur sa cuisse comme s'il voulait la prévenir qu'elle allait bientôt partir en fumée.

— Féministe, marxiste, felquiste, je m'en contre-crisse. Je suis pour la libération du Québec, c'est toutte! a lancé Jeannot en allumant sa cigarette.

Élise s'est tournée vers son frère avec un sourire moqueur.

— Eille, le féministe, tu me donnes-tu une cigarette?

— Tu fumes même pas, a plaidé Jeannot en exhalant la fumée.

— Certain que je fume, hein, Nora?

Avant que j'aie eu le temps de répondre, Jeannot s'adressait directement à moi.

— C'est drôle, ton nom… Chaque fois que je l'entends, ça me fait penser à Norad.

J'avais aucune idée de quoi il parlait. Norad? Quelque part dans la brume de mon inconscient, le nom avait peut-être déjà résonné, mais c'était confus. Et puis subitement, je me suis souvenue.

— Norad, c'est le nom d'une chaîne de montagnes, non?

Jeannot a éclaté de rire, découvrant ses belles dents blanches qui dans l'obscurité semblaient briller comme des astres. Savoir que je venais de le faire rire et donc de le désarmer, que j'avais ce pouvoir-là sur lui me laissa molle et pantoise.

— C'est pas une chaîne de montagnes. C'est le Canada pis les États qui se sont unis pour surveiller l'espace aérien nord-américain. Y en a qui disent que si le Québec se sépare, il fera pas partie de l'entente, mais ça, c'est juste des affaires pour nous faire peur.

— Eille, elle vient-tu, ta cigarette? a insisté Élise.

Jeannot a ouvert son paquet de Player's et a contemplé un instant les petits bâtonnets à l'intérieur, comme s'il réfléchissait à quelque chose. Il a fini par relever la tête.

— Avez-vous déjà fumé ça, du pot?

— Du pot, euh, ai-je fait, incertaine,

alors qu'Élise me donnait un coup de pied et intervenait avec aplomb.

— Franchement! Qu'est-ce que tu penses! C'est sûr qu'on a déjà fumé du pot.

— Ah oui, où ça?

— Au parc pis dans la cour à l'école, en cachette des surveillantes.

Je n'en revenais pas de l'audace d'Élise et surtout de sa faculté d'inventer ou de mentir impunément. On n'avait jamais fumé de pot au parc ni ailleurs. Je le savais parce qu'on était toujours fourrées ensemble. À l'école, en classe, dans le bus qui nous ramenait rue Marcil. À ce que je sache, aucun joint n'avait croisé notre route et personne jusqu'à ce soir ne nous en avait offert.

Jeannot en a glissé un entre ses lèvres, l'a allumé, chassant de sa main la cascade d'étincelles qui en ont jailli. Il a pris une longue et profonde bouffée et m'a passé le joint. Cette soudaine intimité, proche du baiser, m'a tellement émue que je me suis étouffée avec ma première poffe. Je me suis vite rattrapée en prenant une deuxième bouffée et en retenant mon souffle avec l'énergie du désespoir pour ne pas avoir l'air de l'amatrice que j'étais.

J'ai passé le joint à Élise qui ne s'est pas étouffée, accréditant subitement la thèse qu'elle en avait déjà fumé et que, par conséquent, elle n'était pas la menteuse ou la fabulatrice dont j'avais fait le procès en mon for intérieur.

On s'est passé le joint jusqu'à ce qu'il ne soit plus qu'un trognon qui brûle le bout des doigts. La tête me tournait un peu, mais je m'en foutais. J'admirais avec ravissement la mer noire du ciel et les étoiles pareilles à des lucioles qui y clignotaient. Jeannot s'est remis à jouer doucement de la guitare et, cette fois, j'ai cru entendre distinctement l'air de *While My Guitar Gently Weeps* de George Harrison. Mais peut-être que ce n'était pas cet air-là. Peut-être que dans ma bulle de béatitude j'entendais ce que je voulais bien entendre, quitte à prêter à Jeannot des goûts musicaux qui n'étaient pas les siens mais qui me confortaient dans l'image que je me faisais de lui. Et puis, quelle importance si c'était du George Harrison ou du Georges Dor? C'était une nuit magique. Jeannot m'avait parlé comme à un vrai être humain. Nous avions quasiment échangé un baiser, ou du moins pratiqué un échange de salive qui pouvait s'y apparenter. Je me sentais légère, aérienne, vaporeuse, prête à m'envoler dans le Norad, peu importe où c'était.

Oui, non, peut-être

Une Renault 5 d'une couleur incertaine s'est garée devant le trottoir chez les Chevrier. Il était presque minuit. Jeannot s'est levé comme un ressort et, sans même nous saluer, a disparu dans la maison avec sa guitare. J'ai étiré le cou pour voir s'il y avait une fille dans la bagnole et surtout si la fille en question était mignonne, ce qui ne manquerait pas de diminuer mes chances auprès de Jeannot. Autant dire que je m'illusionnais un peu sur ce front-là.

Nous avions cinq ans de différence. Et à moins d'être aveugle, ce qui n'était pas au-dessus de mes capacités, l'écart générationnel qui nous séparait était celui qui sépare un océan d'un autre. Notre réelle différence d'âge était plus de l'ordre de vingt que de cinq ans. En dollars américains ou en euros, s'ils avaient existé. Avec le temps, l'écart s'amoindrirait sans doute, mais à l'été 1971, pour une foule de raisons que je découvrirais plus tard, j'étais le cadet des soucis de Jeannot. Il avait beau me connaître et me trouver drôle avec mes parents français et mon nom d'espace aérien, notre relation n'était pas exactement promise à un avenir brillant. Mais que sait-on de l'avenir à quatorze ans?

Jeannot est ressorti de la maison en vitesse et s'est engouffré à l'arrière de la Renault 5 qui est partie en faisant rugir son moteur. Élise et moi l'avons suivie du regard jusqu'au bout de la rue.

— D'après toi, y avait une fille ou pas dans la bagnole?

— Bon, ça y est, Norad a le kick sur mon frère, s'est moquée Élise.

— Pas du tout, ai-je menti. Je demandais ça comme ça.

— Comme ça, hein?

— Oui, comme ça! ai-je ânonné.

— Comme ci ou comme ça? a fait Élise en agitant ses mains comme des marionnettes.

Elle souriait de toutes ses dents, des dents aussi blanches que celles de son frère. Je me suis mise à sourire moi aussi. L'effet de la mari aidant, nous avons pris conscience des sourires débiles qui nous fendaient la gueule pour absolument aucune raison. Plutôt que de calmer notre excitation suspecte, le constat a déclenché un fou rire qui a grandi, grossi, et qui a fini par devenir un ouragan incontrôlable de rire, nous privant d'air et faisant ruisseler des larmes d'hilarité sur nos joues.

— Moins fort, s'il vous plaît. On essaye de dormir, a lancé Mme Dupuis, la proprio, depuis sa fenêtre au deuxième.

Sa semonce a temporairement freiné nos ardeurs, mais juste au moment où nous allions revenir à un état vaguement normal, un boulon dans notre tête a sauté et nous avons redoublé de rire jusqu'à en avoir des crampes dans le ventre et à hoqueter comme deux ivrognes. Nous étions mortes de rire et maintenant, à bien y penser, nous étions aussi mortes de faim. On a traversé la rue et, pour ne pas réveiller mes parents, nous sommes entrées par la porte arrière, qui donnait directement dans la cuisine.

Entre deux verres de lait et douze biscuits au chocolat, le fou rire a repris, un fou rire feutré, qui a perdu un peu de sa force et de sa vélocité et dont l'ouragan s'est mué en orage, l'orage en averse, et l'averse en gouttes d'eau suintant du plafond.

— As-tu vraiment un kick sur mon frère ? Sérieusement ? m'a demandé Élise.

Je ne savais pas quoi répondre, alors je n'ai rien dit, ce qui pouvait prêter le flanc à toutes les interprétations possibles. Qui ne dit mot consent. Oui. Non. Peut-être.

— De toute façon, y est trop vieux pour toi, a plaidé Élise. Pis je sais même pas s'il aime les filles. En tous les cas y a jamais couché avec une fille, j'en suis à peu près sûre.

— Comment tu le sais ? ai-je demandé avec une pointe d'appréhension.

— Je le sais pas. C'est juste un *feeling* comme ça. Il couche pas avec les filles, il couche pas avec les gars non plus à ce que je sache. Personne l'intéresse, en fin de compte.

— Pis? C'est pas un péché. Moi, j'ai jamais couché avec quelqu'un, et toi non plus.

Au lieu d'acquiescer à la psycho pop à deux cennes que je venais de lui servir, Élise a préféré poursuivre le procès de son eunuque de frère. Mais je n'étais pas dupe. Elle cherchait avant tout à me l'enlever de la tête et aussi, je suppose, à protéger une amitié qu'elle partageait déjà avec sa sœur aînée.

En amitié, la tendance naturelle serait de former une sorte de sainte trinité, mais dans les faits, ce qui se passe la plupart du temps, c'est la mise au rancart d'une personne et la fusion des deux autres. Bref, déjà qu'Élise devait batailler pour sa place contre Marie-T., elle n'avait pas envie en plus de se retrouver en compétition avec son grand frère.

— Il a dix-neuf ans, il passe ses journées le nez fourré dans ses livres et il a jamais eu de blonde de sa vie. Tu trouves ça normal, toi?

— Peut-être qu'il est secrètement amoureux.

— De sa guitare, ça c'est sûr, a bâillé Élise en s'étirant.

— C'est un bon guitariste… Je le verrais bien dans un groupe folk rock…

— Pis toi, tu serais sa muse ou sa partenaire cosmique comme Jim et Pamela, a bâillé de nouveau Élise.

— Tu déparles, je pense que tu devrais aller te coucher, ai-je suggéré à mon amie qui commençait sérieusement à me taper sur les nerfs avec ses insinuations.

Élise s'est levée et j'ai été la reconduire jusqu'à la porte arrière.

— Tu dis rien à personne, lui ai-je glissé à l'oreille.

— Je sais même pas de quoi tu parles, a-t-elle fait en bâillant de nouveau.

J'ai rangé les biscuits, rincé les verres de lait, éteint les néons de la cuisine. À l'entrée du salon, une odeur de cigarette m'a sauté aux narines. J'ai étiré le cou et découvert un tableau inattendu : ma mère assise toute seule dans le noir, un verre de scotch dans une main, une cigarette dans l'autre.

— Depuis quand tu fumes? lui ai-je demandé en m'approchant.

— Je ne fume pas.

— C'est quoi le truc qui brûle au bout de tes doigts, alors ?

— Ça c'est quand je ne peux plus supporter ton père.

— Je t'ai jamais vue fumer avant…

— Tu m'as pas vue, c'est tout.

— Tu vas le quitter ?

C'était la première fois que je posais directement la question à ma mère. La première fois que j'osais évoquer sans détour l'éléphant dans la maison bancale de leur couple.

Je m'attendais à ce qu'elle me rassure et me répète, comme elle me le répétait souvent, qu'il y avait des tensions dans tous les couples, qu'aucun couple n'était parfait et que mieux valait un couple qui s'engueule et se dit ses quatre vérités vigoureusement, à l'occasion, qu'un couple qui se raconte des histoires et qui refoule tellement qu'un jour, un des deux finit par tuer l'autre. On se rassure comme on peut.

Mais ce soir-là, au lieu de me rassurer, ma mère m'a servi une réponse qui m'a affolée.

— Je ne sais pas, a-t-elle répondu.

Sa voix avait une franchise que je ne lui connaissais pas et ouvrait toute grande la fenêtre pour que le doute, le vrai, celui qui griffe et balafre les certitudes, s'y engouffre.

À quatorze ans, on est en principe capable de survivre au divorce de ses parents. D'une certaine manière, cela ne change pas grand-chose, sinon qu'on ne voit plus ses parents ensemble, dans la même maison, autour de la même table, dans le même lit. Le divorce, c'est d'abord géographique, puis mathématique. Avant le divorce, on se rapportait à une entité. Après le divorce, on en a deux pour le prix d'une, ce qui est excellent pour le chantage et la manipulation. Mais le vrai problème du divorce quand on a quatorze ans, il vient d'ailleurs, dans l'idée même qu'on se fait de l'amour et de la vie à deux.

Tout le temps que mes parents se criaient des noms, s'insultaient, s'envoyaient promener, se menaçaient de rupture, une petite voix intérieure me jurait qu'ils s'aimaient, qu'il ne fallait pas se fier aux apparences, que c'était leur façon à eux d'être authentiques, francs, transparents. Je croyais qu'ils s'aimeraient pour l'éternité. J'y croyais et je voulais y croire parce que sinon, qu'est-ce qu'il me restait? Si les deux êtres qui m'avaient mise au monde, dont je descendais directement et qui m'avaient offert mes premières images de l'amour sur terre se séparaient, que restait-il de moi? Leur union m'ayant formée et façonnée, leur désunion ne pouvait que me fracturer et me fragmenter.

— Tu vas vraiment le quitter? ai-je répété avec anxiété.

Oui. Non. Peut-être. Ma mère a bu la dernière goutte de son scotch et a écrasé sa cigarette. Elle avait pleuré et, sous ses yeux rougis, le rimmel avait laissé deux traces de pneus noires.

— Allez, c'est l'heure d'aller se coucher, a-t-elle soupiré sans répondre à ma question.

Oui. Non. Peut-être. Qui ne dit mot consent.

On tue les tomates aussi

Je n'ai pas dormi de la nuit. Trop de choses se bousculaient dans la laveuse de ma tête : mon premier joint, Jeannot, ma mère et sa trop grande franchise, la peur d'un divorce accentuée par la conscience que, depuis le changement de la loi, presque un mariage sur deux au Québec explosait. Boom ! La famille nucléaire, le modèle le plus répandu en Occident, commençait à sentir le soufre de ce côté-ci de l'Atlantique.

Plus la nuit avançait, plus mon anxiété grandissait. Des émotions confuses se mêlaient dans le jello qui me tenait lieu de cerveau, hérissant les terminaisons nerveuses de mon corps. Incapable de tenir en place dans la même position plus d'une minute, je tournais d'un bord, tournais de l'autre. Retour sur le dos, puis un dernier effort sur le ventre, et le cycle qui recommence, inlassable et infatigable, jusqu'aux premières lueurs catastrophées de l'aube. Ce n'est pas vrai que les insomniaques s'amusent. Il n'y a rien d'amusant à courir après le sommeil qui s'enfuit en ricanant. Plus on l'appelle, plus il s'éloigne. Plus il s'éloigne, plus notre désir enfle, s'emballe et devient frénétique.

Entre minuit et cinq heures du matin, je me suis assoupie pendant à peine une dizaine de minutes. Le reste du temps, j'ai dormi sur la corde à linge, les yeux grands ouverts, les muscles tendus et figés dans une horizontalité sans répit. À cinq heures et quart, j'étais prête à rendre les armes et à me lever. La maison était silencieuse à l'exception des ronflements réguliers de mon père.

J'ai enfilé ma robe de chambre en minou rose nanane : une pure horreur à laquelle j'étais néanmoins aussi attachée que certains jeunes enfants sont attachés à des nounours pleins de puces ou à de vieilles couvertures crasseuses qu'ils traînent partout avec eux.

Six mois plus tôt, dans un accès de rage contre mon père qui m'avait punie et privée de sortie pour une niaiserie, j'avais voulu me suicider : avec le cordon de la robe de chambre rose nanane. J'ignore pourquoi j'avais choisi cet objet dérisoire et peu propice au succès d'un suicide. J'imagine que j'avais peur du sang qui jaillit sous les lames de rasoir ou alors pas envie, si je me ratais, de me faire pomper l'estomac à l'hôpital.

Plantée devant le miroir de ma commode, j'avais mis le cordon autour de mon cou. J'en avais croisé les deux extrémités, puis lentement et méthodiquement, j'avais tiré et tiré dans l'espoir de bloquer l'air et de m'auto-étrangler. Ma technique était pourrie, mais ma rage était réelle. Tout le temps que mon visage rougissait sous la pression du cordon rose autour de mon cou, je me réjouissais de la culpabilité que mon père éprouverait en me retrouvant sans vie au pied de ma commode. Je le voyais pleurer et s'effondrer à mon enterrement. Je jubilais de cette punition que je lui infligerais.

Mon désir de vengeance était immense mais passager. Au bout d'une minute ou deux, j'ai lâché du lest, sachant peut-être déjà malgré moi que le suicide est une solution permanente à un problème temporaire. Ou alors, peut-être me suis-je simplement rendu compte que le suicide et son absence de perspective ne m'intéressaient pas tant que ça.

J'ai descendu l'escalier sur la pointe des pieds. J'ai ouvert la porte d'entrée pour voir si le journal avait été livré. Pas encore. La rue était endormie et avait décidément plus de talent pour le sommeil que moi. Pas un bruit excepté le chant flûté des oiseaux. Il ne faisait pas encore trop chaud. Je me suis assise dans le fauteuil d'osier sous le porche de la galerie en attendant que le temps passe et que la rue revienne à la vie. Je ne pensais à rien. L'insomnie m'avait épuisée, mais en même temps elle m'avait vidée de mon anxiété. J'étais comme un zombie dans un peignoir rose nanane quand Jeannot a tourné le coin au bout de la rue et s'est dirigé à pied chez lui.

J'aurais voulu aller me cacher, mais il

était trop tard. Le moindre mouvement, surtout auréolé de tout ce rose, risquait d'attirer l'attention. Je me suis tenue parfaitement immobile en priant pour qu'il ne me voie pas dans cette tenue ridicule. Pas de danger. Il marchait de l'autre côté de la rue, tête baissée, perdu dans ses pensées. Il a gravi en vitesse les quelques marches menant à la porte de chez ses parents, a fait tinter ses clés et, l'instant d'après, il avait disparu. J'ai poussé un soupir de soulagement. Je venais d'échapper à une humiliation dont je n'aurais peut-être pas su me relever. Au bout de quelques minutes, le sommeil qui m'avait fui tel un bel indifférent est revenu à pas de loup. J'ai commencé à somnoler, puis à cogner des clous, et j'étais prête à m'abandonner dans ses bras quand j'ai été brusquement ramenée à la réalité. Une bagnole noire aux vitres sombres, garée le long du trottoir de mon côté de la rue, mais dans l'axe direct de la galerie des Chevrier, venait de démarrer. Je connaissais toutes les voitures des voisins, y compris celles des nombreux prétendants de Mlle Juneau, la nouvelle divorcée. Mais cette bagnole-là tranchait décidément avec la flotte de la rue Marcil. J'ai tenté de voir le conducteur, mais la voiture est partie en coup de vent, brouillant le visage de celui ou celle qui la conduisait. Il était passé six heures du matin. Peut-être que l'ex-mari de Mlle Juneau la fait surveiller, me suis-je dit avant de rentrer me coucher.

Quand je me suis levée vers onze heures, ma mère sirotait un thé devant le journal ouvert sur la table de la salle à manger. Elle semblait calme, détendue, pas du tout prête à faire sa valise et à divorcer. Je me suis assise en face d'elle en faisant comme si je n'avais jamais entendu ce qu'elle m'avait dit la veille. Mon père était parti au marché, son activité préférée du samedi matin.

Du temps qu'on habitait à Ottawa, il ne se contentait pas de revenir les bras chargés de légumes frais. Il ramenait aussi, à l'occasion, une bête vivante et grouillante, un canard dont il tordait le cou ou un lapin dont il tranchait la gorge dans la cour, sous mes yeux. Un jour, en me voyant grimacer et pleurer devant le sang qui pissait dans le seau à ses pieds, mon père n'avait pas essayé de me consoler. Il m'avait plutôt assommée avec sa conception brutale mais néanmoins lucide des choses.

— Retiens bien une chose, ma fille chérie : faut manger pour vivre et faut tuer pour manger. C'est pas plus compliqué que ça. Ceux qui diront le contraire sont des menteurs.

— Et s'ils sont végétariens ? objectai-je.

— T'as jamais entendu une tomate crier quand on l'évente. On tue les tomates aussi, lança-t-il dans un grand éclat de rire, avant de commencer à déplumer le pauvre canard qui serait bientôt servi avec des tomates éventrées et des olives décapitées que, bien malgré moi, je mangerais avec appétit.

Heureusement, depuis notre arrivée à Montréal, mon père avait cessé ses sacrifices animaliers. Maintenant il se contentait de revenir du marché avec des animaux apprêtés en jambons, en saucissons, en pâtés et en galantines. Le samedi midi, c'était toujours un festin à table et, en plus, mon père était tellement occupé à s'empiffrer qu'il n'avait pas le temps de s'engueuler avec ma mère.

J'attendais impatiemment qu'il revienne lorsqu'on a sonné à la porte. C'était Élise, toute mignonne dans sa blouse vaporeuse et transparente du Château. C'était sa blouse du dimanche ou de nos sorties en ville. Pourquoi la portait-elle aujourd'hui ? « Pour rien », m'a répondu Élise avant de m'inviter à aller pique-niquer avec elle au parc. J'ai hésité quelques secondes. Je m'étais préparée mentalement à déjeuner à table avec mes parents, pas sur l'herbe entre deux colonnes de fourmis. Mais Élise a insisté. En plus, sa mère était en train de nous préparer un lunch à l'instant même. Comment refuser ?

Dans sa cuisine toujours nickel, revêtue de son sempiternel tablier fleuri, Mme Chevrier tranchait méthodiquement les croûtes des sandwichs aux œufs et au jambon pressé. Une fois les croûtes enlevées, elle découpa le carré de pain blanc en quatre mignons petits carrés doux et spongieux qu'elle enveloppa de cellophane et déposa dans un panier en osier. Elle avait fait des sandwichs sans croûtes pour une armée. Alors que je m'en étonnais, Élise s'empressa de plaider qu'il valait mieux en avoir trop que pas assez.

Mme Chevrier avait accompagné le tout de tranches de concombres et de branches de céleri barbouillées de Cheez Whiz et de fromage Philadelphia. C'était un lunch à l'américaine qui n'arrivait pas à la cheville du festin déployé à la table de mes parents. Pourtant, je n'y voyais que du feu. Si fort était mon besoin de me conformer aux normes alimentaires locales et de me distancier des extravagances culinaires familiales que je n'arrivais même plus à faire les distinctions qualitatives pourtant évidentes entre les deux.

— T'aimes les tomates ? me demanda-t-elle.

— Oui, même s'il faut les tuer, elles aussi, fis-je avec une pointe de regret qui, l'espace d'un instant, plongea Mme Chevrier dans une profonde perplexité.

Elle en émergea avec un sourire un peu forcé et changea vite de sujet. Elle referma le couvercle du panier et, avec une sollicitude toute maternelle, nous souhaita bonne journée, bon pique-nique et faites attention à vous.

Élise et moi sommes parties bras dessus, bras dessous avec notre panier de petit chaperon rouge et une grosse couverture de laine. Le parc était à une dizaine de coins de rue. En chemin, j'ai voulu savoir d'où lui était venue l'idée de ce pique-nique impromptu. On n'en avait pas parlé la veille ni à aucun autre moment. Mais comme pour sa blouse vaporeuse du dimanche, Élise n'avait rien de particulier à dire à ce sujet. Elle avait eu envie de faire un pique-nique, c'est tout. Pourquoi faut-il toujours une raison?

J'aurais bien aimé la croire, mais une fois au parc, j'ai vite constaté que la raison était assise au pied d'un arbre en train de lire *L'Écume des jours* de Boris Vian. Il s'appelait Antoine, comme le frère disparu d'Élise, mais cela il ne fallait pas le remarquer et encore moins le dire, le sujet de ce frère parti trop tôt étant encore frappé d'un interdit dont j'ignorais toujours la raison.

L'Antoine devant nous n'était pas grand mais il avait belle allure. Cheveux noirs attachés en queue de cheval, nez fin, yeux bleus perçants cerclés de petites lunettes rondes à la John Lennon. Il prenait à l'occasion le même bus que nous et fréquentait une école de gars, trois arrêts plus loin que la nôtre. Je l'avais remarqué mais je ne lui avais jamais parlé. Je croyais qu'il en était de même pour Élise. Apparemment, je m'étais trompée.

J'ai su plus tard qu'Élise l'avait croisé la semaine d'avant en revenant d'une course à l'épicerie. Ils avaient échangé brièvement, juste assez pour qu'Antoine se plaigne qu'il ne faisait rien de son été, mais qu'au moins ça lui permettait de passer ses journées à lire au parc. Elle avait laissé passer quelques jours pour ne surtout pas avoir l'air de lui courir après. Lorsqu'un temps raisonnable s'était écoulé, elle avait décidé de passer à l'acte et de m'entraîner malgré moi dans son plan de rapprochement.

Ce qui était incroyable, c'est qu'elle n'ait jamais évoqué le sujet d'Antoine avec moi avant. N'étions-nous pas les meilleures amies du monde? Avions-nous l'une pour l'autre le moindre secret? Si Élise m'avait caché son kick pour Antoine, me cachait-elle autre chose? Gardait-elle encore beaucoup d'autres informations intimes sous scellés?

Nous avons déployé la couverture au pied de l'arbre où lisait Antoine. J'ai compris qu'Élise avait tout prévu, y compris le surplus de sandwichs, qu'Antoine mangea avec appétit. Il nous parla de *L'Écume des jours* et aussi du *Nez qui voque* de Réjean Ducharme. Il avait l'air de s'y connaître pas mal en littérature et encore plus en musique, puisqu'il étudiait le piano au Conservatoire. Il était bien élevé, cultivé et sympathique, mais j'ai vite constaté qu'il ne s'intéressait pas une mini-seconde à ma personne. En revanche, il semblait complètement obnubilé par Élise. Il s'adressait à elle avec des étoiles dans les yeux, étoiles qu'il maintenait allumées par politesse en me parlant, mais qui n'avaient jamais le même éclat que pour Élise. Et celle-ci, habituée à ce que sa blondeur éthérée et son teint de porcelaine rendent les gars gagas, faisait comme si de rien n'était, ce qui augmentait doublement son charme.

Étais-je en train de perdre ma meilleure amie? Sur le chemin du retour, plutôt que de poser directement la question à Élise et de me montrer vulnérable, ce qui aurait été la chose sage à faire, je l'ai attaquée en lui servant un chapelet de reproches. Je l'ai accusée de m'avoir menti, d'être une mauvaise meilleure amie, pas différente de ces filles sans scrupules qui se servent de leurs amies comme bouche-trou et qui les laissent tomber au premier gars venu.

Élise m'a répondu que j'étais injuste, qu'elle ne m'avait jamais considérée comme un bouche-trou. Elle ajouta, sans doute pour me rassurer, qu'Antoine était bien sympathique mais qu'elle n'avait pas de kick sur lui. Et comme j'avais prétendu sensiblement la même chose au sujet de Jeannot, j'étais mal placée pour la contredire. Nous nous sommes quittées ce jour-là quand même assez froidement. Salut. Bye. À demain. Le silence n'est pas toujours d'or. Des fois, le silence tue. L'amitié en premier.

Dans le rétroviseur

Le lendemain, c'était le dimanche 25 juillet 1971.

— Dans cinq mois, ça sera Noël, ai-je claironné à Élise qui me faisait la gueule même si elle avait accepté de m'accompagner à la piscine Kensington.

J'espérais, avec ma blague bête, la dérider et m'amender pour ma crise de la veille. Ce fut à moitié réussi. Élise a grimacé à la mention de Noël, une catastrophe appréhendée qui selon elle se terminait immanquablement par des chicanes, des éclats de verre et du monde soûl qui titube partout.

— Noël, cette année, sera différent, ai-je annoncé sans me douter que le Noël qui nous attendait serait le plus triste et le plus misérable de tous.

143

— On peut-tu parler d'autre chose ? fit-elle avec impatience.

Je me suis détournée d'elle sans répondre, mon regard absorbé par des hordes d'enfants en bas âge qui couraient partout pendant que des gamins surexcités, mués en bombes humaines, se faisaient exploser dans l'eau. Les sauveteurs, juchés comme des bébés géants sur leurs chaises hautes, avaient beau les rappeler à l'ordre, il y avait toujours un kamikaze pour remplacer l'autre et pour plaider l'ignorance.

Étendues sur nos serviettes, en retrait près de la clôture Frost, nous avons inconsciemment décidé de faire la paix en reprenant notre activité préférée : passer en revue les baigneurs et leur imaginer des destins tordus. Celui-là serait pompier et pyromane, celui-ci médecin et tueur en série, la fille là-bas, qui se prenait pour une autre, deviendrait toiletteuse pour chiens après une carrière ratée d'actrice. Rien de mieux pour rétablir une complicité défaillante que de se liguer à deux contre l'humanité. Et ça marchait. À la fin de la journée, Élise et moi étions redevenues les meilleures amies du monde.

Pourtant, le lendemain matin, elle n'a pas appelé comme elle avait l'habitude de le faire. Vers midi moins quart, je suis allée sonner chez les Chevrier. Élise n'y était pas. Partie au parc, m'a dit sa mère.

— Veux-tu entrer? Je viens de faire des carrés aux dattes. Ils sont encore tout chauds.

Même si les carrés aux dattes de Mme Chevrier étaient divins, la trahison d'Élise m'avait coupé l'appétit. J'ai gentiment décliné l'offre. Mme Chevrier a refermé la porte. Je suis restée en plan, désemparée. Assise au milieu des marches, dos aux quatre portes closes et muettes des logements, j'hésitais entre pleurer à chaudes larmes ou échafauder des plans de vengeance. Devant moi, la rue plombée par le soleil de juillet respirait le manque flagrant d'activité quand subitement, sortie de nulle part, la voiture noire aux vitres sombres de l'autre matin est passée lentement sans s'arrêter. J'ai immédiatement pensé à Mlle Juneau la divorcée qui ne s'était pas montrée le bout du nez depuis plusieurs jours. J'ai voulu aller sonner à sa porte pour lui demander s'il y avait une possibilité que son ex-mari la fasse surveiller par un détective privé. Mais j'avais à peine formulé cette idée qu'une Ford bleu marine, couverte de poussière, s'est garée à quelques mètres de l'allée des Chevrier. Le type à l'intérieur semblait attendre quelqu'un. Décidément.

Je me suis retournée vers les quatre portes en bois de l'édifice en briques, pariant sur celle de Mlle Juneau. Mais c'est la porte des Chevrier qui s'est ouverte. Jeannot a figé en m'apercevant, stationnée au beau milieu des marches.

— Qu'est-ce que tu fais là? a-t-il demandé un peu brusquement.

— Rien. Élise est partie au parc voir son nouveau chum. Marie-T. est encore en prison dans sa chambre. J'ai rien à faire. Toi?

Jeannot semblait surpris par ma question. Je le comprends. Mon insolence, surgie d'une boîte de Cracker Jack intime dont j'ignorais l'existence, m'étonnait moi-même.

— Moi, euh… Je m'en vais faire de la photo, a-t-il dit en indiquant l'appareil photo autour de son cou.

— Où ça? ai-je demandé alors qu'il descendait les marches.

— Dans les Laurentides, a-t-il répondu en se dirigeant vers la Ford bleu marine.

— M'emmènes-tu?

Jeannot a ouvert la portière et s'est retourné vers moi, me tançant de son regard noir, sans répondre. Au lieu de baisser les bras et les yeux, j'ai décidé de jouer le tout pour le tout, mais en y incorporant un élément infaillible : la pitié.

— S'il te plaît, emmène-moi. J'ai rien à faire. On dirait que tout le monde m'a oubliée. S'il te plaît, l'ai-je supplié.

C'était risqué comme calcul. Jeannot pouvait aussi bien répondre qu'il n'était pas ma baby-sitter. Il aurait pu ajouter, avec un paternalisme dont il était tout à fait capable, que j'étais une grande fille qui n'avait qu'elle-même à blâmer pour son désœuvrement. Pourtant, l'espace d'un instant, un très court instant, Jeannot a semblé réfléchir. Il s'est glissé sur le siège avant de la bagnole sans refermer la portière et a discuté plusieurs longues minutes avec le conducteur. Je n'entendais strictement rien tant il parlait à voix basse.

Au bout d'une éternité, alors que ma

témérité, semblable à un ballon crevé, se dégonflait, Jeannot s'est extirpé de la Ford. Tout en faisant basculer son siège, il s'est tourné vers moi.

— Enweille, embarque!

Le conducteur était un petit barbu maigre à lunettes du nom de Luc Sicotte. Jeannot l'avait connu dans les assemblées politiques à l'UQAM et avait immédiatement fraternisé avec lui.

Quand il m'a vue embarquer dans sa Ford, Sicotte a marmonné je ne sais trop quoi en me jetant à peine un regard. Comme chaleur humaine j'avais déjà vu mieux, mais bien franchement je m'en foutais.

Assise sur la banquette arrière en vinyle lustré, je n'en revenais pas de ma bonne fortune. Décidément, l'été 1971 n'en finissait plus de me surprendre. Moi, Nora P., quatorze ans, ex-Française avec un nom d'espace aérien, trahie par ma meilleure amie et angoissée par l'ex-futur divorce de mes parents, je venais d'être vengée de tous mes drames. Jeannot Chevrier m'avait invitée à faire une balade en auto avec lui. Rien de moins. Dites-moi que je ne rêve pas!

Ce n'était pas exactement une *date* officielle, mais c'était un début. Si Jeannot m'avait invitée à bord de la Ford conduite par l'air bête à Luc Sicotte, c'est qu'il n'était pas complètement indifférent à ma personne, non ? Je ne pouvais m'imaginer une autre raison pour expliquer ma présence sur la banquette arrière de la Ford bleu marine. Mon manque d'expérience dans le champ des relations humaines m'empêchait de voir plus loin que mes fantasmes. Pour qu'un autre scénario naisse dans mon esprit, il aurait fallu que j'aie quinze ans de plus et un placard plein de défaites et de déceptions. Ce n'était pas encore le cas.

C'est ainsi qu'avec la belle insouciance de mes quatorze ans et sans me douter de rien, j'ai pris place sur la banquette arrière. Sicotte a démarré le moteur, tiré sur le bras de vitesse, et nous sommes partis.

La Ford s'est engouffrée dans le tunnel à ciel ouvert du boulevard Décarie, qui m'apparaissait comme une balafre hideuse et la voie rapide la plus laide de la planète. Nous y avons roulé de longues minutes avant de rejoindre l'asphalte délavé de l'autoroute 15.

Je n'avais aucune idée de notre destination et je ne m'en inquiétais pas une seconde. Pourquoi en aurait-il été autrement? Je n'étais pas montée à bord de la voiture de deux parfaits inconnus qui risquaient de me violer et de m'assassiner au fond d'un rang perdu. Le conducteur était peut-être un étranger, mais certainement pas celui à côté de lui sur le siège du passager. Partir à l'aventure avec le grand frère de ses meilleures amies n'avait absolument rien de dangereux. C'était même un gage de protection.

Au bout d'une trentaine de minutes, Sicotte a quitté l'autoroute pour s'engager sur une route secondaire. L'asphalte filait toujours en ligne droite, mais maintenant il était bordé par des champs à perte de vue, au milieu desquels apparaissait parfois la tête d'un tracteur fendant les herbes hautes.

Jeannot et son chauffeur échangeaient peu et lorsqu'ils le faisaient, c'était à mots couverts. Des fois, je me raclais la gorge pour leur rappeler qu'il y avait un être humain et non une plante verte sur la banquette arrière. Une fois, je me suis même risquée à demander à Jeannot quels genres de photos il comptait prendre. Il bredouilla une réponse avec des mots compliqués comme *infrastructures* et *urbanisation.*

— Mais tu vas prendre des photos de quoi? fis-je avec perplexité.

— De villages québécois qui s'urbanisent. C'est un projet pour l'université.

— L'université du peuple, fis-je à la blague.

Mais Jeannot ne la trouva pas drôle.

— Oui, l'université du peuple, répliqua-t-il en se retournant vers moi avec un air impatient. C'est pas une farce, tu sais. Parce que si l'université n'est pas au service du peuple, si elle n'est pas accessible aux fils d'ouvriers et aux fils et filles de fermiers, tout ce qu'elle est, c'est une entreprise capitaliste au service de la bourgeoisie. Et ça, dans mon livre à moi, c'est ce qu'on appelle une pute.

— Une pute!

— Ouais, parfaitement! Une pute qui se vend au plus offrant et qui se crisse du reste.

— Oui mais qu'est-ce que les étudiants peuvent y faire?

— Beaucoup de choses, trancha Jeannot. Le rôle des étudiants, c'est de déclarer la guerre à la culture impérialiste.

— La quoi? fis-je en fronçant les sourcils.

— La culture impérialiste, répéta Jeannot. Ça, c'est le monde qui sont prêts à vendre le Québec à des grosses compagnies américaines pis à aider les oppresseurs étrangers à maintenir leur domination sur le Québec.

— Je vois pas ce que les étudiants viennent faire dans ton histoire.

— Laisse faire, lui conseilla Sicotte en soupirant.

Mais Jeannot n'allait pas lâcher son œuvre pédagogique aussi facilement. Il était décidé à mettre un peu de plomb dans ma tête de linotte.

— Les étudiants ne sont plus des irresponsables. C'était peut-être le cas avant, dans le temps de nos parents, mais plus maintenant. Ils ont un rôle à jouer.

Mais de quoi diable parlait-il? Je n'en avais pas la moindre idée. Alors, plutôt que de le confronter et de risquer de le froisser, j'ai opiné de la tête en retenant une blague que sa tirade m'avait inspirée. J'ai bien fait car si Jeannot avait déjà eu le sens de l'humour, chose certaine, à l'été 1971, il l'avait perdu.

Nous avons roulé en silence pendant une dizaine de minutes encore jusqu'à ce qu'apparaisse la pancarte pour le village de Sainte-Limace-des-Laurentides, un village souvent jumelé métaphoriquement avec celui de Saint-Profond-des-Creux et qui abrite en son sein deux attraits touristiques pour lesquels je doute que beaucoup de touristes fassent un détour : la maison d'enfance d'un ex-premier ministre canadien et une église en pierres grises de style byzantin munie d'un vieil orgue Casavant.

La Ford bleu marine fila sans s'arrêter devant ces merveilles patrimoniales avant de ralentir à l'approche du bureau de poste, un bâtiment beige sans aucun attrait – touristique, architectural ou même postal. Pourtant, Jeannot baissa sa fenêtre, arma son Nikon et prit plusieurs clichés. Puis il demanda à Sicotte d'avancer la Ford un peu. Une forêt de poteaux de téléphone parcourus de câbles attira son attention. Il se mit à les mitrailler avec son appareil. Ensuite, sans jamais descendre de la voiture, il répéta l'exercice, quoiqu'un peu plus rapidement, devant le poste de police et enfin devant la caisse populaire du coin.

— R'garde-moi cette architecture de marde, maugréa-t-il à mon intention.

Je pouvais difficilement le contredire. Tous ces bâtiments beiges ou bruns semblaient avoir été dessinés par des manchots à l'imagination géométrique atrophiée. Ce que je ne comprenais pas, c'est pourquoi Jeannot tenait tant à photographier ces résidus architecturaux qui méritaient sans doute d'être rasés mais certainement pas d'être consacrés par une photo.

Dans mon esprit pas encore rompu aux subtilités esthétiques, une photo était nécessairement jolie avec des couchers de soleil, des paysages bucoliques et des nappes d'eau turquoise. À quoi bon photographier la laideur impersonnelle qui gagnait les villages québécois et les vidait de leur charme?

Poser la question c'était peut-être

y répondre, mais je m'étais déjà assez mouillée comme ça pour la journée. Et je n'avais surtout pas envie que Jeannot m'assomme avec une autre de ses tirades ésotériques sur l'aliénation du peuple québécois.

Jeannot a remonté sa vitre et s'est tourné vers Sicotte.

— Pis? Qu'est-ce que t'en penses?

— Pas sûr…, a répondu le chauffeur sur un ton dubitatif.

Jeannot a regardé sa montre et a dit l'heure à voix haute : 13 heures 42. Sicotte a embrayé et la Ford bleu marine a quitté Sainte-Limace pour reprendre la route. J'ai vu à regret dans le rétroviseur la cabane à patates, où j'aurais volontiers fait un arrêt, s'éloigner, rapetisser et disparaître. Au bout de vingt et une minutes, nous arrivions à Saint-Profond-des-Creux. Je le sais parce que c'est Jeannot lui-même qui l'a signalé.

« Vingt et une minutes », a-t-il lancé à Sicotte qui a gobé le chiffre comme une truite gobe une mouche en la mastiquant discrètement, la bouche fermée et sans proférer le moindre commentaire.

155

— Vous avez pas faim, vous autres? ai-je lancé.

— Donne-nous une couple de minutes, a répondu Jeannot.

— Mais j'ai pas d'argent. Enfin, pas sur moi. Si tu pouvais m'en prêter…, ai-je laissé tomber.

— Pas de souci, a répondu Jeannot.

Il a baissé de nouveau la vitre pour photographier le poste de police, le bureau de poste, les poteaux de téléphone parcourus de câbles, autant de preuves criantes que l'architecture des villages québécois s'en allait chez le diable.

À la hauteur de la caisse populaire, Jeannot s'est tourné vers moi et m'a tendu un billet de vingt dollars.

— Va chercher du change à la caisse… La cabane à patates où on va en manque toujours.

La demande de Jeannot était un brin incongrue, mais son explication, plausible. La campagne, ce n'est pas la ville. Et il y avait de fortes chances qu'une cabane à patates sur le bord de la route au bout d'un village perdu ne connaisse pas l'achalandage d'un grand magasin de la rue Sainte-Catherine. Faute de clients, la monnaie circulait moins, et circulant moins, appelait la pénurie.

Il n'y avait qu'une cliente avant moi dans la file de la caisse populaire : une vieille dame, voûtée et rabougrie, qui venait déposer son chèque de pension et dont la main tremblotante faisait des ronds dans l'air comme une hélice d'hélico qui a perdu le nord. Au bout d'une éternité, elle réussit à poser le chèque sur le comptoir devant la caissière. Le reste des procédures prit une deuxième éternité, me laissant le temps de regarder autour.

C'était une petite caisse avec à peine quatre employés endormis ou carrément morts d'ennui. Aucun ne portait le titre de conseiller financier, vu que le titre n'avait pas encore été inventé. Deux d'entre eux faisaient semblant d'être absorbés par des colonnes de chiffres qu'ils entraient sur une calculatrice tapageuse. Le troisième employé, peut-être le gérant ou le concierge, ou les deux, parlait au téléphone sur un ton trop familier pour ne pas être suspect. Dieu que c'était déprimant. Travailler dans un salon funéraire ou dans un ministère soviétique était probablement plus divertissant.

Mon tour arriva finalement. La caissière examina mon billet de vingt dollars pour s'assurer qu'il n'était pas faux et que je n'étais pas une fraudeuse. Après m'avoir dévisagée à deux reprises pour imprimer ma face sur sa rétine, elle me refila un paquet de billets. Elle les compta à voix haute : deux cinq, quatre deux, deux un. Merci. Bonsoir, et surtout ne revenez pas.

Quand je tendis le paquet de billets à Jeannot, il les empocha sans les compter et entreprit de me poser mille et une questions sur la caisse. Combien d'employés ? Est-ce qu'il y avait un garde de sécurité ? Une ou deux sorties ?

— Pourquoi tu me poses toutes ces questions-là ? fis-je sans comprendre où il voulait en venir.

— Hey, Norad, tu te méfies de moi ! dit-il avec une bonne humeur forcée.

Évidemment que non ! Je ne me méfiais pas une seconde de Jeannot. J'étais bien trop obnubilée par sa personne pour laisser le moindre doute à son sujet s'immiscer dans mon esprit. Tout ce qu'il disait, tout ce qu'il faisait me semblait parfait, du moins ce jour-là, sur la banquette arrière de la Ford bleu marine. L'amour n'est pas aveugle. Il est myope et presbyte. Il voit flou de loin comme de proche. Et quand il réussit enfin à faire la mise au foyer et à voir clair, il est trop tard. Ainsi en fut-il pour la cabane à patates que nous avons dépassée sans nous arrêter. Quand je m'en suis aperçue, elle avait disparu du rétroviseur.

L'argent n'est pas imperméable

Mon père m'attendait sur le pas de la porte. Il n'était pas de bonne humeur. Les lèvres pincées, le front plissé, les bras croisés, il respirait la crispation parentale, une contraction des artères qui survient lorsque le parent perd un semblant de contrôle sur son rejeton.

— T'étais où? Tout le monde te cherche! aboya-t-il.

Tout le monde? Il exagérait un peu, le paternel, à moins évidemment qu'il veuille signifier par là qu'il était le centre du monde et sa périphérie aussi. Auquel cas, il avait raison : tout le monde me cherchait.

— Élise ne savait pas où t'étais. Ta mère non plus, ajouta-t-il pour donner du poids à son « tout le monde » et justifier l'état d'énervement dans lequel ma disparition temporaire l'avait plongé.

— Élise me cherchait? Ça m'étonne parce que ce matin c'est plutôt moi qui la cherchais...

— T'étais où? répéta mon père avec impatience.

— Partie faire un tour d'auto avec Jeannot, fis-je avec la fierté du pêcheur devant sa meilleure prise.

Le nom de Jeannot n'alluma pas immédiatement de lumière dans l'esprit encombré de mon père. Il fallut qu'il y réfléchisse quelques secondes et ouvre un ou deux tiroirs de son cortex cérébral pour associer le nom à un visage et à une adresse sur terre. J'entrepris de lui faciliter la tâche.

— Jeannot, le grand frère d'Élise et de Marie-T.

La mémoire défaillante de mon père eut un regain de vigueur, s'activant à lui rappeler un certain nombre de données dont la différence d'âge entre Jeannot et moi.

— Quoi! Il a pas le double de ton âge, celui-là?

— T'exagères! Il a à peine trois ans de

plus que moi, fis-je en exagérant à mon tour.

— Trois ans, c'est trop! tonna mon père. J'espère que vous n'êtes pas allés baiser à l'hôtel!

Mon père tout craché. Sa fille vierge de quatorze ans, qui venait à peine d'apprendre comment on fabrique des bébés, partait quelques heures en bagnole avec le voisin et tout de suite c'était la totale. Rien entre les deux. Même pas un chaste baiser. Même pas un frôlement de la main ou un regard en coin. Même pas une caresse du genou ou un souffle chaud dans le cou. Non. Tout de suite les grands travaux. Les grandes manœuvres. Le déploiement complet. La débauche sans préliminaires. Tout de suite la fornication intégrale.

— Parce que tu sais, moi je préfère que tu baises à la maison que dans un motel miteux sur le bord de l'autoroute, offrit mon père avec candeur.

— Pardon? fis-je en me retenant pour ne pas lui crever les yeux, façon Œdipe, mais pas pour les mêmes raisons.

Avant même qu'il puisse réagir, je décidai une fois pour toutes de lui clouer le bec et de faire en sorte que les conneries de ce genre restent coincées dans sa gorge pour quelques années au moins.

— T'es complètement malade! J'ai quatorze ans, je suis vierge, je prends même pas la pilule et j'ai pas l'intention de coucher avec un gars avant quelques années encore! Mais le jour où ça arrivera, dis-toi que je ne te demanderai pas la permission. J'irai le faire dans une toilette publique s'il le faut, mais certainement pas à la maison. C'est-tu clair?

— C'était pour quoi alors, la balade? demanda mon père, légèrement déstabilisé.

— Pour prendre des photos sur l'urbanisation des villages québécois, lui ai-je lancé avec un regard furieux, avant de m'engager dans l'escalier en écrasant avec mes pieds chacune des marches menant au deuxième dans l'espoir de les défoncer.

Une fois seule dans ma chambre, n'ayant aucun bouc émissaire à portée de la main, je me défoulai sur ma collection d'oursons en peluche alignés sagement sur le bord de la fenêtre et que j'entretenais par pure nostalgie infantile. S'ils avaient été en porcelaine, leur crâne aurait explosé en mille morceaux en se fracassant contre le mur. Au lieu de quoi, même projetés avec force contre le mur, les oursons s'y cognaient le nez et s'affaissaient mollement sur mon lit. Empilés les uns sur les autres, la tête en bas et le cul en l'air, mes pauvres oursons devaient se demander quelle furie les avait frappés. Me sentant légèrement coupable, je les ai récupérés un à un en les serrant fort dans mes bras et je me suis étendue de tout mon long sur le lit avec eux.

Une heure plus tard, ma mère cognait à ma porte. Elle entra et vint s'asseoir au bout de mon lit.

— Qu'est-ce que tu fais avec ta ménagerie? demanda-t-elle sur un ton presque maternel en prenant un de mes oursons dans ses mains.

— J'attends que l'envie de tuer mon père me passe.

Ma mère a souri avec le sourire entendu de quelqu'un qui avait déjà partagé la même envie de tuer la même personne.

Mais comme elle était encore ma mère et encore l'épouse du type qui méritait de mourir, elle n'insista pas. Elle se contenta de me rappeler que nous étions tous attendus à un barbecue à Pointe-Claire.

Tous ? Vraiment ? J'avais autant envie d'aller à un barbecue à Pointe-Claire chez les amis de mes parents que de m'auto-étrangler. Mais ma mère a insisté, expliquant que ça calmerait la mauvaise humeur de mon père.

— Qu'il s'étouffe, avec sa mauvaise humeur ! ai-je pesté.

Ma mère n'a pas relevé la remarque, non plus qu'elle m'a demandé de changer de vocabulaire. À cet égard, elle était plutôt cool, ma mère. Les réprimandes et les leçons de morale, elle laissait ça au paternel.

— Je vais m'emmerder à mort, ai-je soupiré.

— Mais non, a menti ma mère en me lançant l'ourson qu'elle avait récupéré.

Puis elle passa de longues minutes à me convaincre du bien-fondé de quitter la rue Marcil pour la soirée et d'aller au bord du lac Saint-Louis, où je ne manquerais pas de rencontrer des gens intéressants et de découvrir un tas de choses fascinantes. Tout cela était bien entendu faux, archi-faux, mais ma mère fut si convaincante que j'ai fini par rendre les armes et par me résigner à passer la soirée avec une bande d'adultes qui boiraient trop, chanteraient faux et se peloteraient dans les coins sombres, de préférence avec la femme ou le mari de quelqu'un d'autre.

Le soleil était encore haut dans le ciel lorsque nous sommes arrivés à la maison de John et Diana, qui donnait sur le lac Saint-Louis mais en était séparée par la mince bande de béton de la route panoramique. Une douzaine de leurs amis étaient en grande conversation dans le jardin, un verre à la main, le regard brillant, le sourire vaguement, mais pas encore complètement, imbibé. Dans quelques heures, la version west-island des *Beaux Dimanches* de Marcel Dubé prendrait sans doute son envol, mais pour l'instant, tout était calme et relativement civilisé.

Les amis de John et Diana étaient des Anglos comme eux. Ils avaient une quarantaine d'années. Les hommes portaient des jeans ou des pantalons évasés avec des chemises serrées et ouvertes sur leur abondante pilosité. Ils travaillaient dans la pub, le cinéma ou à CFOX, la radio des tubes de l'époque, située quelques rues plus loin. Je ne savais pas pourquoi ni comment mes parents les avaient connus. S'ils les fréquentaient, il devait bien y avoir une raison, mais je m'en foutais éperdument. Car de mon côté, c'était le désert social. Il n'y avait personne de mon âge. Que des morveux de maternelle dont les parents, tôt ou tard, me réquisitionneraient comme gardienne. Voulant éviter à tout prix cette corvée pour laquelle je ne serais même pas payée, j'ai traversé la route, puis le petit parc jusqu'au bord de l'eau.

Une lumière dorée coulait sur le lac Saint-Louis. Je me suis mise à marcher le long de la petite bande de sable et à ramasser des galets à mes pieds en tentant sans succès de les faire rebondir sur l'eau. On s'amuse comme on peut. Si seulement Jeannot avait pu être là à mes côtés. Je lui aurais pris la main ou, mieux encore, il aurait mis son bras autour de mes épaules et nous nous serions assis sur la grève pour regarder le soleil baisser à l'horizon. Il aurait caressé mes cheveux. J'aurais tourné mon visage vers le sien et…

J'étais en train d'imaginer cette suite digne du pire roman Harlequin lorsqu'un disque a chuté à quelques pouces de mes pieds, m'arrachant brutalement à ma rêverie. C'était un frisbee qui, aux mains de deux gamines du coin, avait dévié de sa trajectoire. Je leur ai relancé le disque en pensant aux dizaines de fois où Élise et moi avions joué au frisbee dans le parc avant qu'Antoine vienne mêler les cartes et gâter la sauce de notre amitié. Si seulement Antoine pouvait déménager dans une autre province. Ou mieux encore : dans un autre pays.

Les premiers éclats rouges du soleil couchant m'ont ramenée à la maison des amis de mes parents. John avait commencé à faire griller les steaks sur le barbecue. Diana avait déposé une immense salade au milieu de la table de pique-nique, un bouquet de verdure dégoulinante de santé qui n'impressionnait personne. Le scotch, le gin et les dry martinis avaient été remplacés par des bouteilles de rouge. Les gens parlaient plus fort, riaient plus fort aux plaisanteries, surtout celles de mon père, monsieur Plaisanterie en personne.

Je n'entendais que des bribes de phrases.

— *Ah, come on!* disait l'un. *You can't say that!*

— *Fuck it!* disait l'autre. *Soon we'll all be dead.*

Dans un coin, près de la haie de cèdres qui séparait le terrain de celui du voisin, ma mère était en grande conversation avec Peter, Paul ou Jim, leurs prénoms se confondant dans ma tête. Le type en tous les cas avait l'air de trouver ma mère de son goût. À l'occasion, il se rapprochait d'elle, et avec un sourire un peu torve, lui glissait quelque chose de cochon à l'oreille. Ma mère éclatait alors d'un petit rire cristallin mais néanmoins chargé d'hormones, et la conversation reprenait comme si de rien n'était, sauf que le type gagnait de plus en plus de terrain dans l'espace intime de ma mère. À un moment, mon père s'en est rendu compte et à la blague, bien entendu, mon père ayant le chic de camoufler sa jalousie sous des couches d'humour, s'amena en douce dans le dos de ma mère. Sans crier gare, il lui empoigna les fesses brutalement en regardant Peter, Paul ou Jim droit dans les yeux et en lui balançant entre les dents, à la rigolade :

— *That's my wife, you son of a bitch!*

— *Yah, I know,* répondit Peter, Paul ou Jim. *And you know what? Soon we'll all be dead. So relax!*

Ma mère repoussa mon père avec brusquerie et un air qui n'entendait pas à rire. Elle avait un peu trop bu comme tout le reste de la ménagerie et, dans pareilles circonstances, elle pouvait attraper la rage et poser des gestes qu'elle ne manquerait pas de regretter.

Je ne me souviens pas de la suite précise des choses. Je mourais de faim et mon steak, grillé à point malgré l'état d'ébriété du cuisinier, accapara toute mon attention pendant de longues minutes.

Je me souviens que mon père, qui n'avait pourtant pas l'habitude de boire de manière excessive, fit une exception ce soir-là. Qu'il en oublia de manger, ce qui n'aida pas sa cause. Qu'à un moment ou l'autre, ne voyant pas ma mère dans les parages, il tint pour acquis qu'elle était partie s'envoyer en l'air avec Peter, Paul ou Jim.

Déchaîné et titubant, il s'engagea dans un des couloirs de la maison comme un taureau soûl dans l'arène, criant le nom de ma mère à tue-tête et ouvrant les portes de toutes les chambres pour la surprendre en train de forniquer avec Peter, Paul ou Jim. Contre toute attente, ma mère émergea d'une salle de bains, l'air aussi innocent que la Sainte Vierge mais furieuse contre mon père, qu'elle abreuva d'insultes.

— Non mais, t'es fou ou quoi ? T'es tout le temps en train de me soupçonner de je ne sais pas quoi ! J'en ai marre. Tu me fais chier, fulmina-t-elle en repoussant mon père et en allant rejoindre les autres dehors.

Mon père la suivit du regard en marmonnant qu'il n'était pas fou mais cocu. Après quoi, il s'effondra sur le lit de la chambre d'amis. Le même lit où, vingt minutes plus tôt, ma mère et le type qui

n'avait cessé de la poursuivre de ses assidui-
tés avaient fait des choses pas très catho-
liques. Je n'invente rien. Ma mère me l'a
avoué des années plus tard.

Dans son délire éthylique, mon père
avait vu juste, mais il avait manqué de
réflexes et de *timing*. Autrement, il les aurait
probablement pris en flagrant délit.

Pendant que mon père cuvait ses abus,
les invités de John et Diana avaient quitté
le jardin et rejoint la grève où crépitaient
les flammes d'un feu de camp. Quelqu'un
avait sorti une guitare et tentait d'imiter
le Cat Stevens d'avant l'islam. De temps
à autre, un éclat de rire venait troubler le
bruit feutré des voix mêlé au clapotis des
vagues. Certains étaient retournés au
scotch. D'autres étaient passés au rhum
and coke ou au cognac. La plupart des invités – les hommes comme les femmes –
étaient passablement éméchés mais relativement en contrôle. Ma mère était assise
dans l'herbe à côté de John et Diana quand
mon père a surgi des catacombes du sommeil, une bouteille de vodka à la main, qu'il
venait de vider à moitié. En le voyant, ma

mère a pété les plombs et décrété qu'il était hors de question qu'elle rentre avec lui à Montréal ce soir-là.

— Ah oui? Et tu vas rentrer comment? aboya mon père.

— En taxi, lui répondit-elle. Ça coûtera ce que ça coûtera!

— Tiens, tu veux du fric? demanda mon père en sortant un premier billet froissé de sa poche.

— J'en veux pas de ton fric, répondit méchamment ma mère.

Ma mère n'était pas fine psychologue. L'eût-elle été qu'elle aurait cherché à calmer mon père et à éteindre le feu de son ivresse avec quelques tasses de café. Mais pour elle, il était déjà trop tard. Elle n'avait plus la patience ou l'endurance ou les réserves d'amour nécessaires pour calmer mon père et sauver leur couple en déroute. Mon père le sentait confusément. Aussi le refus obstiné de ma mère de prendre son argent le fit-il sortir de ses gonds. C'était une rebuffade de plus dans une série sans fin.

Titubant, désespéré et malheureux, il prit les billets dans sa poche et se mit à les jeter un à un à l'eau. Les billets voltigeaient un instant avant de faire un vol plané et d'atterrir tels des avions en papier. John et un autre se précipitèrent sur mon père pour l'empêcher de poursuivre sa dilapidation mais celui-ci se débattait et continuait son cirque, refusant d'entendre raison. Diana enleva en vitesse ses sandales et roula les bords de son pantalon pour aller récupérer les billets à la dérive. Pataugeant dans le lac noir, elle ressemblait aux ouvrières des rizières, éternellement courbées, fouillant l'eau avec leurs chapeaux pointus pour en extraire les précieux grains de riz. Elle réussit à sauver la plupart des billets maintenant imbibés d'eau et à les faire sécher au-dessus du feu de camp. Le manège continua ainsi quelques minutes jusqu'à ce que mon père trébuche et tombe à la renverse dans l'eau : une douche froide dont il émergea grelottant et définitivement dégrisé.

Enveloppé dans une couverture devant le feu de camp, il comprit ce soir-là que l'argent ne sauve pas les meubles et ne répare pas les couples cassés. L'argent, en plus, du moins en 1971, n'était même pas imperméable. Mieux valait le jeter par les fenêtres que le noyer.

Fusion atomique

Le retour à la maison, ce soir-là, ne fut pas des plus joyeux. Un silence funèbre régnait dans la Citroën. Ma mère était au volant après avoir bu un litre d'eau chaude pour se dessoûler. Mon père, affalé du côté passager, ronflait par intermittence, sa tête molle renversée. Des fois, il se réveillait en sursaut, se redressait et jetait un œil hagard au paysage inconnu qui défilait autour et qu'il prenait sans doute pour la planète Mars. Il s'adressait à nous sur un ton un brin affolé :

— Euh, où on est ? Qu'est-ce qui se passe ?

Avant même d'avoir obtenu une réponse, il se rendormait.

Une fois rue Marcil, ma mère gara la

Citroën à trois portes de chez nous, éteignit le moteur et, sans plus de cérémonie, sortit du véhicule en abandonnant mon père sur le siège du passager comme un tas de linge sale. Ébahie, je l'ai regardée se diriger vers la maison sans un second regard ni pour moi ni pour lui. Décidément, les choses ne s'arrangeaient pas. Je me suis penchée vers mon père par-dessus le siège et je l'ai secoué vigoureusement. Rien à faire. Il se laissait ballotter comme un pantin désarticulé mais ne se réveillait pas. Alors je suis sortie de la voiture et j'ai ouvert sa portière. Happé par la loi de la gravité, son corps mou a failli s'écraser sur le béton. J'ai bloqué sa chute et l'ai secoué de nouveau. Toujours rien. J'ai regardé autour à la recherche d'une âme charitable qui m'aiderait à extirper le paquet de linge sale de la bagnole. Mais il n'y avait personne. J'ai fait une ultime tentative de désincarcération et puis *basta*! Ce n'était pas à moi, Nora P., quatorze ans, de régler le sort de deux parents en pleine crise conjugale et d'un père ivre mort. Dormir dans un véhicule immobile n'a jamais tué personne. Certains en faisaient même une spécialité.

J'ai réussi à renverser le siège de la Citroën pour que mon père puisse s'étendre à l'horizontale et se pense bien au chaud dans son lit. Je lui ai souhaité bonne nuit, beaux rêves, et l'ai abandonné, consciente que mon pauvre père qui me tapait sur les nerfs mais que j'aimais en dépit de tout n'était pas au bout de ses peines.

Quand je me suis levée le lendemain matin, mes parents ne s'engueulaient pas. Ils parlaient à voix basse, ce qui n'était pas bon signe. Ils se sont tus dès que je suis entrée dans la cuisine, autre mauvais présage. Mon père portait encore ses vêtements fripés de la veille, la chemise sortie du pantalon, les cheveux hirsutes, les yeux injectés de sang et de vodka. Ma mère, à l'inverse, était douchée, maquillée, prête à aller travailler. Les deux m'ont dévisagée un instant puis ma mère a pris un ton solennel pour m'annoncer qu'ils voulaient me parler. Pas tout de suite. Ce n'était pas le moment. Mais ce soir au souper. OK? Pas besoin de me faire un dessin. J'avais compris : ils voulaient m'annoncer leur séparation.

— On se parle ce soir sans faute, hein ma grande fille ? me lança ma mère en me tapotant la joue.

La grande fille a fait oui de la tête même si une petite voix en elle criait : « Non ! Non ! Ne faites pas ça ! Faites-vous une raison ! Trouvez un moyen ! Comportez-vous pour une fois en adultes responsables. Retenez votre orgueil. Rangez votre égoïsme. Ne sabotez pas ce qu'il reste de nous ! »

Ma mère est partie travailler. Mon père est monté se coucher et moi je suis restée comme une dinde en panne dans la cuisine, consciente que l'heure de mon sacrifice allait bientôt sonner. En l'attendant, j'ai réfléchi aux différentes solutions qui pouvaient retarder une séparation ou même carrément la neutraliser. Il n'y en avait pas mille. Il n'y en avait qu'une. Elle relevait de la physique nucléaire et du principe voulant qu'à la suite d'une collision avec un neutron, le noyau d'un gros atome se casse en deux, libérant une grande quantité d'énergie. À l'inverse, sous l'effet d'une chaleur intense, deux noyaux d'isotopes séparés pouvaient fusionner pour créer un gros noyau stable. Il fallait donc recréer cette chaleur intense pour encourager la fusion des deux noyaux parentaux. Par chaleur intense, je pensais autant à l'augmentation de la température d'un corps qu'aux sueurs froides que peuvent occasionner certains événements imprévus.

J'ai sorti le bottin des *Pages jaunes,* fait courir mes doigts comme le voulait l'annonce de l'époque et composé le numéro que je cherchais. La fille au téléphone m'a débité un horaire au bout duquel pendait l'étiquette d'un prix. C'était un prix exorbitant qui faisait obstacle à mon plan. Mais à la guerre comme à la guerre. J'avais la journée pour ramasser quarante-huit dollars et cinquante-cinq cennes. L'image des billets de banque de mon père flottant à la surface de l'eau comme des nénuphars m'a donné une idée. J'ai filé au deuxième, poussé doucement la porte de la chambre de mes parents. Marchant sur la pointe des pieds pour ne pas réveiller mon père qui ronflait, j'ai contourné le lit et ramassé son pantalon par terre. Un tas de billets desséchés, presque dévitalisés, encombraient ses poches, que j'ai immédiatement vidées. Ressortie sur la pointe des pieds, j'ai compté mon butin en bas dans la cuisine : trente-deux dollars. Il m'en manquait seize pour arriver à mes fins.

Quand Élise a répondu au téléphone, je n'ai pas pu m'empêcher de verser dans l'ironie, ce qui n'était pas la meilleure stratégie pour lui soutirer de l'argent.

— T'es pas au parc avec Antoine ?

— Et toi, t'es pas en fuite dans une auto volée avec mon frère ? me lança-t-elle du tac au tac.

— L'auto n'était pas volée, et comme tu m'avais plantée là pour aller voir ton chéri au parc, je suis allée faire un tour avec Jeannot et son ami Luc.

— Antoine n'est pas mon chéri ni mon chum. C'est un ami, c'est tout. On est en 1971, No. C'est pas parce qu'une fille est amie avec un gars qu'elle est obligée de sortir avec, objecta-t-elle.

Je n'ai pas insisté ni cherché à contredire sa théorie sur l'amitié entre les gars et les filles. Maintenant que nous étions quittes, je lui ai demandé si nous pouvions passer aux choses plus sérieuses.

— J'ai besoin de ton aide, l'ai-je implorée. Il se passe des choses pas le fun avec mes parents.

— Ils veulent divorcer, annonça Élise en me prenant de court.

— Comment tu le sais?

— Franchement, No! Depuis que vous êtes arrivés dans la rue, y a pas une semaine qui passe sans qu'ils se menacent mutuellement de se quitter. C'est toi-même qui me l'as dit.

— Oui, mais cette fois, c'est pas des farces. C'est sérieux. Ils vont m'annoncer leur séparation ce soir officiellement. C'est pour ça qu'il faut que j'agisse avant.

Il y a eu un silence au bout du fil puis, de manière parfaitement synchronisée, nous avons toutes les deux convenu que cette conversation téléphonique arrivait au bout de sa vie utile et qu'il était devenu urgent de se parler de vive voix.

Élise m'attendait sur sa galerie. Je lui ai aussitôt exposé mon plan à voix basse.

— Vancouver! s'est-elle écriée.

— Chut! ai-je fait avec affolement. Faut pas que personne le sache.

— Mais, No, c'est au bout du monde!

— Je sais! C'est fait exprès. Plus je fuis loin, plus ma fuite va générer une chaleur intense qui, veut, veut pas, va les forcer à se rapprocher. C'est un principe de physique nucléaire. Ça s'appelle la fusion des atomes.

— Mais de quoi tu parles? a fait Élise d'un air confondu.

— Laisse faire. C'est trop compliqué. Le prix du billet d'autobus est de quarante-huit et cinquante-cinq. J'ai trente-deux dollars. Il me manque seize dollars. Peux-tu me les prêter?

Élise a poussé un cri en entendant le montant de la somme. Elle me reprocha de ne pas me rendre compte de l'énormité de ma demande. Ses parents n'étaient pas millionnaires, me rappela-t-elle. Les enfants de la rue étaient trop vieux pour lui apporter un revenu décent de gardienne.

Et à deux dollars d'argent de poche par semaine, elle avait juste de quoi survivre.

Au lieu de protester, j'ai baissé la tête et je me suis mise à pleurer comme un veau. Le poids de mon impuissance venait de me tomber dessus avec toute sa force d'inertie. Il y a à peine une minute, j'étais prête à tout. Maintenant, faute d'argent, je savais que je ne pouvais plus rien. Les jambes coupées, mes élans de sauveuse conjugale anéantis, je me retrouvais seule face à la douloureuse dépendance de mes quatorze ans.

Élise m'a tendu un mouchoir en papier tout froissé, puis elle a disparu. Alors que je me mouchais bruyamment, elle est revenue avec son porte-monnaie. Elle l'a ouvert et en a extrait cinq beaux dollars. Elle les avait économisés pour s'acheter une jupe longue au Château, mais la jupe devrait attendre. C'était une vraie amie.

La garde à vue de Marie-T. n'était pas tout à fait terminée. Nous avons cogné doucement à sa porte avant d'entrer. Encore en pyjama, au lit, Marie-T. lisait *Le Deuxième Sexe* de Simone de Beauvoir.

Sans plus de cérémonie, je lui ai annoncé mon intention de court-circuiter le divorce de mes parents en fuguant. Pour l'aspirante féministe qu'elle était, mon plan n'avait aucun sens. Et d'autant plus que, sans que je sache exactement quand le phénomène s'était produit, Marie-T. était devenue une partisane du divorce. Elle trouvait même que toutes les femmes mariées devraient s'en prévaloir.

— Simone de Beauvoir dit que le mariage, c'est fini, fit-elle en cherchant un passage précis souligné en rouge dans son livre.

Elle finit par trouver ledit passage et par me le lire.

— Ça y est, je l'ai ! « Si le mariage diminue l'homme, écrit Simone, il annihile la femme. » Tiens, regarde, dit-elle en me tendant le livre.

— C'est bon, fis-je sans regarder.

— Oublie Simone une minute, OK ? fit Élise avec impatience. Tout ce que No te demande c'est de lui prêter onze dollars. Moi je lui en ai prêté cinq, mais c'est pas assez.

Marie-T. nous a dévisagées un instant sans rien dire, un brin sonnée par le ton très pragmatique de sa cadette. A-t-elle senti que sa garde à vue commençait à diluer son influence sur nous ou à l'isoler plus qu'elle ne l'avait anticipé ? Sans doute, puisque après un moment de flottement, Marie-T. a fini par lever sa carcasse en pyjama et par se diriger vers sa commode. Dans le premier tiroir dormait une petite boîte en bois dont elle a soulevé le couvercle. Elle m'a tendu la totalité de ses économies : huit dollars. C'était une vraie amie.

Il ne me manquait plus que trois dollars et cinquante-cinq cennes pour atteindre mon but. L'immense pot de monnaie que mon père gardait dans le sous-sol, à côté de ses outils, fut mon ultime sauveur et me permit de boucler le prix d'un billet aller pour Vancouver. La perspective de débarquer dans une ville inconnue à l'autre bout du pays sans une cenne dans mes poches ne m'a même pas effleuré l'esprit. Tout ce qui comptait c'était de poser un geste qui rapprocherait mes parents et les dissuaderait de divorcer. Le reste à mes yeux n'avait aucune importance. Aucune réalité non plus.

J'ai balancé des vêtements dans un sac à dos, ajouté des fruits, des noix, des biscuits et *Sur la route* de Jack Kerouac. Puis j'ai griffonné une courte note que j'ai déposée sur la table de la cuisine.

Quand vous lirez ce message, je serai déjà loin d'ici. Ne me cherchez pas. Et s'il vous plaît, ne divorcez pas. Votre grande fille, Nora

Je suis sortie en vitesse de peur que mon père ne se réveille et ne fasse avorter mon plan. Après un bref adieu à Élise et Marie-T. sorties pour l'occasion sur leur galerie et qui m'envoyaient la main, j'ai sauté dans l'autobus menant au centre-ville.

J'ai erré dans le terminus Greyhound une partie de l'après-midi en évitant de penser à ce qui m'attendait à l'autre bout du pays. J'essayais de me concentrer uniquement sur le geste que je posais et sur son but. Les conséquences, je refusais de

m'en soucier ou, du moins, je faisais semblant de ne pas m'en soucier, y compris
quand j'ouvrais mon porte-monnaie et
que je voyais trois pauvres vingt-cinq sous
y flotter comme dans un vêtement trop
grand.

J'ai essayé de lire un peu de *Sur la route*
pour me donner du courage mais ce n'était
pas vraiment l'endroit ni le moment. Les
heures tombaient au compte-gouttes. Il
m'en restait encore trois avant l'arrivée de
l'autocar. J'aurais pu aller me promener ou
simplement me dégourdir les jambes dans
le coin mais je craignais, consciemment ou
non, que ma détermination ne fonde si
jamais je m'éloignais trop du terminus.

J'ai fini par m'asseoir sur le troisième
banc en métal à côté de la porte pour l'autocar de Vancouver et ne plus bouger, le
regard rivé sur le billet dans mes mains.
Des gens allaient et venaient autour de
moi. Certains s'installaient sur des bancs,
d'autres carrément par terre. J'ai senti un
homme s'approcher et se planter debout à
quelques pouces de moi. Ses souliers
m'étaient familiers. J'ai relevé lentement la

tête. Mon père me fixait avec un drôle d'air. C'est bête à dire et il ne faudrait surtout pas que mon père le sache, mais même s'il venait de saboter mon projet de fusion nucléaire, j'étais soulagée.

Congé de punition

La mine vaguement coupable, Élise m'attendait sur les marches de la galerie de notre maison. Elle était flanquée de Marie-T. qui me devait, en quelque sorte, l'accélération de sa libération. Un seul regard a suffi pour que je comprenne que mes deux meilleures amies, complices et même partenaires financières de ma fugue, m'avaient trahie.

— Tu devrais remercier tes amies. Elles t'ont empêchée de faire une grosse connerie! a lancé mon père avant de disparaître dans la maison.

La porte d'entrée s'est refermée sans qu'un mot soit échangé entre nous trois. Je fixais Élise et Marie-T. en me demandant qui serait la première à se jeter à l'eau et à tout avouer. Mais comme ni l'une ni l'autre n'avait l'air particulièrement pressée, j'ai posé mon sac à dos par terre et sorti mon porte-monnaie. Au terminus, mon père avait passé de longues minutes à s'engueuler avec la caissière derrière sa cage de verre pour qu'elle me rembourse mon billet. Elle avait fini par obtempérer en lui faisant des yeux méchants.

Mon père a pris l'argent mais je l'ai empêché de tout empocher en lui rappelant qu'il n'avait pas été le seul à financer ma fuite et que j'avais certaines dettes.

J'ai tendu à Élise un billet de cinq dollars tout neuf, puis acquitté de la même manière ma dette envers Marie-T. L'exercice n'a pas duré longtemps mais j'en ai profité pour l'accompagner d'un regard noir et accablant.

En fin de compte, c'est Élise qui a pris la parole la première, pour dire qu'elle n'y était pour rien, que tout ça c'était la faute à sa grande gueule de sœur. Lorsque mes parents étaient venus sonner chez les Chevrier avec ma note, ils n'avaient pas eu à torturer Marie-T. ni même à lui tordre le bras pour qu'elle se mue en délatrice professionnelle.

— Bon, bon, OK, ça suffit, a rouspété Marie-T. avec un air bon enfant comme si tout cela était une vaste plaisanterie.

— Donc c'est vrai?

— C'était mieux de même… De toute façon ton plan n'avait pas d'allure, a commenté Marie-T.

— Ça, c'était à moi d'en juger! ai-je répliqué avec aigreur.

— Une fois arrivée à Vancouver, t'aurais fait quoi au juste? T'avais pas une cenne! Ç'aurait pas été long que la police t'aurait ramassée…

— Elle a un peu raison, a renchéri Élise.

— C'est ça, mettez-vous à deux contre moi, ai-je pleurniché en me laissant choir entre elles sur les marches de la galerie.

Élise a mis son bras autour de mon cou.

— On voulait juste pas qu'il t'arrive rien de mal, No! Qu'est-ce qu'on aurait fait le reste de l'été sans toi?

Marie-T. s'est rapprochée de moi à son tour et m'a donné un coup de coude qui se voulait affectueux mais qui, dans son élan bourru, aurait pu aisément me fêler une côte.

— Des affaires de même, tu ne peux pas les improviser, sinon ça donne rien. Penses-tu qu'on a décidé de prendre d'assaut une taverne sur un coup de tête ? On planifiait ça depuis longtemps…

— Grosse planification, a ironisé Élise. À part toi, toutes les filles vont probablement faire de la prison…

— C'est pour ça qu'il faut pas lâcher…

— Quoi, c'est pas fini ton affaire ? s'est étonnée Élise.

Marie-T. a déplié ses jambes et s'est levée, un sourire crasse aux lèvres.

— Québécoises deboutte ! nous a-t-elle lancé d'un air mystérieux, confirmant une fois de plus sa supériorité politique et surtout son don pour les slogans.

Sauf que Marie-T. n'avait rien inventé. Elle ne faisait que reprendre à son compte le cri de ralliement de ses amies du Front de libération des femmes. Enfin, les filles du FLF n'étaient pas nécessairement ses amies, la plupart ignorant jusqu'à son existence.

Marie-T. n'avait jamais été invitée aux

réunions du FLF ni à ses discussions ou débats. Elle était trop jeune pour faire partie de son cercle d'initiées. Qu'à cela ne tienne. Sans leur demander la permission, Marie-T. avait fait des filles du FLF ses émules et s'était mise à emprunter leurs slogans, y compris leur slogan signature : *Québécoises deboutte !*

Au lieu de nous fournir des explications qui lui auraient peut-être donné un moins beau rôle, Marie-T. se contenta de nous informer qu'elle avait des achats à faire avant la fermeture de la quincaillerie du coin.

La quincaillerie ? Marie-T. n'a pas voulu nous donner plus de détails. En revanche, elle nous a fait promettre que si les parents Chevrier s'inquiétaient de son absence, nous dirions qu'elle était partie emprunter les trois tomes de *Guerre et Paix* à la bibliothèque, même si en réalité il y avait quatre tomes et un épilogue, ce qui dans le fond n'est qu'un détail. Nous la suivions du regard lorsque ma mère a ouvert la porte et s'est penchée vers moi. J'étais demandée au parloir pour un tête-à-tête parental. Pas longtemps, a-t-elle spécifié pour le bénéfice d'Élise qui m'a fait un signe de paix en me regardant partir pour l'abattoir.

Je m'attendais au pire : punie pour le reste de l'été et condamnée à moisir dans ma chambre jusqu'à la rentrée scolaire, sans possibilité de rédemption. C'était l'habituel régime auquel j'avais été soumise pour des offenses passées, offenses bien légères en comparaison avec ma fugue avortée. Connaissant mon père qui distribuait ses punitions comme des bonbons et qui punissait pour tout et pour rien mais surtout pour rien, j'avais peu de chances d'y échapper.

Ses punitions tournaient autour de trois axes : privée de sortie, privée de télé ou les deux. À ce chapitre, il manquait d'imagination mais jamais de suite dans les idées.

« Punie ! » jappait-il avec toute l'autorité dont il était capable. Plus banale était l'infraction, plus lourde était la peine.

Ma tentative de fugue à Vancouver pour empêcher le divorce de mes parents n'était pas banale. Elle l'avait complètement décontenancé. Peut-être approuvait-il ma démarche. Peut-être même avait-il eu peur de me perdre. Toujours est-il qu'il se contenta de me dire de ne plus jamais recommencer.

— C'est tout? fis-je l'air proprement stupéfait.

— Oui, c'est tout, mais t'avise pas de recommencer parce que la prochaine fois, tu vas y goûter, fit mon père avec des yeux menaçants.

Je me remettais à peine du choc de sa clémence lorsque ma mère prit la parole et me posa, le plus naturellement du monde, une question qui me scia en deux.

— Pourquoi tu ne veux pas que ton père et moi on divorce?

Aucun son ne sortit de ma bouche figée dans le O d'un silence consterné. Non seulement la question était absurde, elle était à ce point chargée émotionnellement qu'elle m'avait vidée de mon vocabulaire et laissée sans mots. Ma mère n'en avait cure. Elle insista.

— Qu'est-ce qui te fait peur?

— Peur? Euh… je sais pas. Peur que ça soit euh… plus jamais pareil…

— Pourquoi tu dis ça? Si ton père et moi on se sépare, c'est lui et moi qui nous séparons. Toi, tu n'es pas concernée.

— Déconne pas, intervint mon père, si on divorce, ça change tout...

— Nora va continuer d'être ma fille et je vais continuer de l'aimer... Notre rapport ne changera pas, insista ma mère.

— Oui, mais tout le reste, qu'est-ce que t'en fais? objecta mon père.

— Êtes-vous en train de m'annoncer votre divorce?

Ma question les a pris de court. Mes parents ont échangé un regard en coin, l'air de ne pas savoir quoi répondre, eux qui se vantaient de toujours dire ce qu'ils pensaient, qui détestaient les détours diplomatiques et qui n'hésitaient jamais à servir aux autres leurs quatre vérités. Ce jour-là pourtant, ma mine déconfite a dû freiner leur incontinence verbale. À tel point que je me suis sentie obligée de reposer la question.

— Vous divorcez ou pas?

— Non! a clamé catégoriquement mon père.

— Pas maintenant, a ajouté ma mère, contredisant le non catégorique de mon père et introduisant dans leur couple menacé un sursis désormais frappé d'une date de péremption.

J'ai fait comme si je n'avais pas saisi le sens du sursis maternel. J'ai promis solennellement à mes parents de ne plus fuguer sans leur demander la permission. La remarque, pour le moins absurde, les a fait rire. L'atmosphère s'est détendue. Le sujet était clos, le drame évité. Mon père est parti jouer du marteau dans la cave, ma mère est montée taper à la dactylo dans son bureau, et moi je suis restée un instant en plan dans le salon, légèrement sonnée par cet étrange dénouement.

La soirée était encore jeune et la chaleur de plus en plus accablante lorsque Marie-T. est revenue de la quincaillerie avec ses achats. S'assurant que personne ne nous surveillait, elle a ouvert son sac qui contenait un butin bizarre : deux petits pots de peinture et des pinceaux.

— Qu'est-ce que tu veux repeindre au juste ? a demandé Élise.

— Les trottoirs, a répondu Marie-T. en retenant un sourire.

À peine quelques heures s'étaient écoulées depuis la libération conditionnelle de Marie-T. Sans même respecter une semaine ou deux de trêve, histoire de se refaire une virginité auprès de ses parents, voilà qu'elle remettait ça avec un plan aussi calamiteux que le premier et potentiellement plus dangereux.

Si la prison est la meilleure école du crime, alors le confinement de Marie-T. dans sa chambre avec les livres de Simone de Beauvoir et les bulletins de liaison du FLF en avait fait une militante encore plus radicale, prête à aller jusqu'au bout pour la libération universelle des femmes.

Élise et moi étions nettement moins exaltées qu'elle à ce chapitre. Romantique dans l'âme, Élise trouvait que les féministes manquaient de poésie et qu'elles auraient dû lire plus souvent du Boris Vian. Pour ma part, je ne portais pas nécessairement les féministes dans mon cœur. Par moments, je les tenais directement responsables du futur divorce de mes parents et de l'attitude de plus en plus cavalière de ma mère. Le reste du temps, je ne m'en préoccupais pas trop. Mais la journée avait été forte en émotions. Les restants d'adrénaline qui se promenaient encore dans notre sang avaient ouvert en nous un appétit pour l'aventure. Nous avons donc écouté Marie-T. nous exposer son plan et, avec la belle insouciance de nos quatorze ans, nous y avons consenti joyeusement.

Toute la soirée, bercées par la clameur des grillons plus tapageurs que d'habitude, nous avons regardé la pleine lune se hisser dans le ciel et jeter un éclairage laiteux rue Marcil. L'humidité écrasante de la canicule fut cette nuit-là notre alliée. Plaidant l'étouffante moiteur de leur chambre qu'aucune brise n'atteignait, Élise et Marie-T. avaient obtenu le droit de dormir sur la galerie sous une tente de fortune. J'avais eu la permission de me joindre à elles. Un peu après minuit, alors que la rue était silencieuse et nos parents, endormis, nous avons quitté notre abri, nos sandales à la main, pour ne pas faire de bruit. Nous avons couru pieds nus jusqu'à l'avenue Notre-

Dame-de-Grâce en retenant nos rires excités. Nous avons pris le dernier bus qui y passait, le visage en nage et les pieds sales. Nous sommes descendues quelques rues avant le parc King George, notre première cible.

Pendant qu'Élise faisait le guet, Marie-T. m'a tendu un pinceau et un petit pot de peinture noire. Sur le trottoir devant le célèbre parc canin de Westmount, Marie-T. a reproduit à gros traits le mot QUÉBÉCOISES en lettres noires, pendant que moi, un peu plus loin, je peignais sur le béton le mot DEBOUTTE, avec deux T s'il vous plaît. Je n'avais pas trop posé de questions sur ce slogan ni sur l'orthographe de son adverbe. Je m'étais contentée des explications sommaires de Marie-T., à savoir qu'il fallait que toutes les Québécoises, peu importe leur âge ou leur condition sociale, se tiennent debout sur leurs deux jambes, d'où les deux T, sans avoir honte de leur langue : à savoir le québécois et non le français de France. Ce dernier argument avait achevé de convaincre l'anti-Française que j'étais de l'importance des deux T. Même que j'en aurais rajouté trois autres si j'avais eu le temps mais il fallait faire vite et ne pas se laisser emporter par l'enthousiasme.

Nous avons poursuivi notre chemin vers la rue Sherbrooke, en reproduisant à deux autres reprises le slogan sur les trottoirs de Westmount. Puis en dépassant une boîte aux lettres à l'angle d'une rue résidentielle, nous avons fait semblant d'entreprendre une conversation pendant que Marie-T. faisait semblant de poster une lettre. Trois coups de pinceau et c'en était fait. Même si techniquement Marie-T. n'était pas membre du FLF, elle avait réussi à peindre les trois lettres de son sigle sur la boîte.

Sous le halo de la pleine lune, notre cœur cognait fort, la sueur perlait sur notre front, mais nous marchions résolument sans nous retourner. Encore quelques minutes et c'était réglé, mais Marie-T. a voulu faire un dernier graffiti. Élise et moi commencions à être un peu sur les dents, convaincues que notre chance ne durerait pas éternellement. Suffisait qu'un hasard bête nous envoie une vieille anglaise insomniaque qui nous dénonce ou qu'un policier zélé nous arrête pour vandalisme et Dieu sait quoi d'autre.

Marie-T. balaya nos inquiétudes d'un revers de la main. Elle voulait à tout prix laisser sa marque francophone et féministe bien en évidence dans ce bastion de l'oppresseur anglais. Elle n'en démordait pas. L'apparition sur notre route du mur vierge d'une banque, un mur pâle de bonne dimension, parfait pour recevoir la caresse râpeuse d'un pinceau, régla la question pour de bon. Les mains tachées de peinture noire, Marie-T. a plongé son pinceau dans son dernier pot et a immédiatement attaqué le mur beige de la banque. Nous avons fait écran devant elle, surveillant les rares voitures qui filaient sur l'avenue autrement déserte.

Marie-T. a mis plusieurs longues minutes à parfaire son œuvre subversive. OK, go! a-t-elle fini par nous crier alors que nous prenions nos jambes à notre cou, et que ni vu ni connu nous coupions par les ruelles. Le lendemain matin, les clients de la banque et tous les passagers qui empruntaient ce tronçon-là de la rue Sherbrooke ont découvert, certains avec perplexité, d'autres avec colère, la murale féministe de Marie-T., une murale éphémère qui durerait à peine le temps d'un retrait bancaire.

Nous étions de retour rue Marcil vers deux heures et demie du matin, en sueur, épuisées, déshydratées, mais pas peu fières. Nous avions mené notre petit commando féministe de main de maître sans nous faire prendre. À croire que nous avions définitivement passé l'âge bête des punitions.

À l'est d'Eaton

Le lendemain matin, nous nous sommes précipitées au dépanneur pour voir si les journaux parlaient de nous. Enfin, pas de nous, mais de notre action clandestine. Marie-T. était persuadée que nos graffitis féministes allaient faire la première page de tous les journaux. Que ce serait LA nouvelle du jour. Pauvre folle ! Pas un mot, pas une seule photo, pas une mention ni un entrefilet même dans la dernière colonne de la dernière page. Notre aventure nocturne n'avait laissé aucune trace dans le journal. Nous serions restées sagement couchées sur la galerie que le résultat aurait été le même, du moins médiatiquement parlant.

— Ils ont fait exprès ! s'est écriée Marie-

T. en ouvrant un journal après l'autre, sous le regard excédé du proprio du dépanneur.

Celui-ci ne tarda pas à lui rappeler qu'il était un commerce et non une bibliothèque, et que ça serait une bonne idée qu'elle en tienne compte. Marie-T. n'y prêta pas attention et continua son manège.

Eût-elle eu connaissance de l'heure de tombée des journaux, sa déception aurait été moins grande. Mais ni Marie-T., ni Élise, ni moi, au demeurant, ne savions rien de la fabrication d'un journal. Dans notre esprit, les journaux se publiaient à mesure qu'ils s'écrivaient, et s'il y manquait une information essentielle comme celle relatant nos graffitis, c'était l'effet de la censure. Aucune autre raison, à nos yeux, ne pouvait expliquer l'indifférence dans laquelle notre action clandestine était tombée.

Le proprio commençait à s'impatienter. Pour le calmer, nous avons acheté trois bonbons à une cenne, et nous avons déguerpi avant qu'il tente de nous assassiner.

Déçues, dépitées et déconfites, nous sommes revenues rue Marcil en traînant les pieds. Après l'exaltation des derniers jours, c'était le retour à la plate réalité de l'été en ville, à une époque où l'été en ville était encore un cimetière en attente d'un orage ou d'une orgie de festivals.

Rien à faire sinon regarder les heures passer depuis l'enclos déprimant des galeries clôturées de la rue Marcil. Élise a suggéré une promenade au parc en se gardant bien de dire qu'elle avait rendez-vous avec Antoine. Même si je n'étais pas dupe et que ça me vexait qu'elle nous plante là pour un gars, j'ai plaidé la paresse pour ne pas l'accompagner, ce qui devait bien l'arranger. Lorsqu'elle fut suffisamment loin, j'ai tout raconté à Marie-T.

— Elle s'en va rejoindre son amoureux. Il s'appelle Antoine. Elle dit que c'est juste un ami, mais je la crois pas, et ce qui m'écœure le plus c'est qu'elle ne veut pas l'admettre, ai-je lancé.

Marie-T. a haussé les épaules comme si les amours de sa sœur l'intéressaient autant que la vie des géraniums qui ornaient sa galerie. J'allais évoquer la double trahison perpétrée par Élise, qui non seulement nous mentait, mais préférait la compagnie d'un gars à celle de ses amies de filles, lorsqu'une image trop familière m'a distraite. La voiture noire qui n'appartenait à personne de la rue, mais qui y revenait de plus en plus souvent, s'apprêtait à nous passer sous le nez. Comme à toutes les autres fois, elle a ralenti à l'approche de l'allée des Chevrier avant d'accélérer.

— Tu vois cette bagnole? ai-je dit à Marie-T. en la montrant du doigt. Elle n'arrête pas de passer. Au début je pensais qu'elle surveillait Mlle Juneau. Que c'était peut-être l'idée de son ex-mari.

— La Juneau est partie en vacances quèque part sans dire quand elle reviendrait.

— C'est ce que j'ai fini par déduire à force de pas la voir… Sauf que si les types dans la bagnole ne surveillent pas votre voisine, ils surveillent quelqu'un d'autre…

— Quelqu'un? Où?

— Chez vous? ai-je répondu avec un gros point d'interrogation.

— Chez nous? a répété Marie-T., visiblement intriguée.

— C'est une impression comme ça, mais bien franchement, je ne vois pas qui d'autre.

Marie-T. a réfléchi un instant puis a tout de suite sauté aux conclusions.

— Si c'est des flics, la seule personne qu'ils peuvent surveiller, c'est moi. Je veux dire, j'ai failli aller en prison pour activité subversive.

Malgré l'excès d'importance que Marie-T. se donnait, il y avait une certaine logique à ses propos. Le procureur de la Cour du bien-être social qui avait évité la prison à Marie-T. voulait peut-être s'assurer qu'elle ne se retrouve pas à nouveau dans ce qu'il avait pompeusement qualifié d'ambiance de délit. Or, la seule façon d'y parvenir c'était de lui coller des flics aux talons. Cette dernière pensée me fit paniquer.

— Mais s'ils te surveillent, ça veut dire qu'ils nous surveillent aussi et qu'ils savent ce qu'on a fait hier soir. Ils vont peut-être venir nous arrêter ! Qu'est-ce qu'on va faire ? ai-je bredouillé.

Marie-T. a trouvé que je dramatisais.

— S'ils avaient eu à nous arrêter, ça fait

longtemps qu'ils l'auraient fait. À part de ça, ils doivent pas pouvoir me surveiller tout le temps. Je veux dire, y a juste vingt-quatre heures dans une journée, pis au nombre de vrais criminels qui font des vrais crimes…

— C'est criminel ce qu'on a fait!

— Non! C'est politique… pis y auraient sans doute été ben heureux de nous pogner mais on a été plus futées qu'eux, lança-t-elle avec un sourire triomphant.

Cette fille m'épatait. Elle n'avait peur de rien. Une partie de moi voulait la suivre aveuglément dans ses folies. L'autre partie se disait que je devrais peut-être la fuir. Ou du moins, installer trois autobus de distance entre nous deux. Pendant que ces deux antagonismes se chamaillaient en moi, la Ford bleu marine de mon escapade à Saint-Profond-des-Creux a freiné brusquement dans la rue. Jeannot est descendu de la bagnole et, sans nous saluer ni même nous voir, il s'est précipité dans la maison.

Garé en double, le tacot au silencieux défectueux émettait une pétarade de bruits qui aurait pu réveiller tout le voisinage s'il avait fait nuit. Mais nous étions en plein jour, et ce bruit explosif offrait en fin de compte une distraction au calme assommant de la rue. Jeannot est ressorti peu de temps après, armé de sa guitare. Je me suis risquée à l'interpeller.

— Hé, Jeannot, vas-tu donner un concert quelque part?

Pour toute réponse, Jeannot s'est engouffré dans la voiture, qui a démarré sur les chapeaux de roue avant de tourner le coin en pétaradant. Je n'en revenais pas: Jeannot m'avait complètement ignorée. J'allais m'en plaindre à Marie-T. lorsque celle-ci a proposé à brûle-pourpoint qu'on fasse des filles de nous et qu'on aille magasiner.

De la part de Marie-T., c'était assez inusité. Pour elle, une femme qui achetait des vêtements ou du maquillage était en réalité une femme qui se faisait acheter.

Marie-T. avait été fortement marquée par une manif qui avait eu lieu au Salon de la femme au printemps. Armées d'un tube géant de rouge à lèvres, d'affiches de pétasses en bikini mais aussi de balais,

211

de vadrouilles et de chaudrons, des féministes avaient franchi les barrières sans payer en scandant toutes sortes de slogans contre l'esprit rétrograde du Salon.

Marie-T. regrettait amèrement de ne pas avoir participé à la manif. Depuis, elle n'avait de cesse de dénoncer la femme-objet, la femme-bibelot, celle qui se peinturait la face, se faisait poser des faux cils et des faux ongles ou qui s'habillait comme une pute dans l'unique but de faire baver les hommes.

Pour ma part, ma relation au maquillage et aux produits de beauté était plus ambiguë. D'abord, j'avais connu, à Ottawa, une authentique représentante Avon. C'était la mère de ma meilleure amie et elle m'avait abreuvé gratuitement de produits de toutes sortes : crèmes, talcs, savons et parfums, probablement de piètre qualité mais, à l'emballage, irrésistibles. J'étais devenue accro à ses produits rien que pour le design séduisant de leurs boîtiers et flacons. Et puis il y avait ma mère : une femme autonome et émancipée, qui gagnait sa vie, qui se réalisait pleinement dans son travail comme le préconisaient les féministes, mais qui se maquillait, pas comme un carnaval, mais pas loin, et qui s'habillait assez sexy, merci. Avec un tel modèle à domicile, il m'était impossible de rejeter en bloc le maquillage et les jolis vêtements.

Mais l'heure n'était pas aux questions esthético-existentielles. Marie-T. voulait aller magasiner et ce n'est pas moi qui allais l'en dissuader. J'ai suggéré le Château mais Marie-T. préférait qu'on passe avant par le magasin Eaton, haut lieu des vendeuses bêtes et unilingues anglophones. Malgré mes objections, Marie-T. a insisté pour qu'on y fasse un arrêt.

Dans la cabine d'essayage, j'ai compris pourquoi. Elle avait enfilé deux t-shirts et un chandail sous sa blouse boutonnée jusqu'au cou. Elle m'invita à l'imiter.

— Mais c'est du vol à l'étalage, lui ai-je murmuré.

— Dans un autre magasin, ça serait du vol à l'étalage, mais ici, dans un magasin où ils ne sont pas foutus de te servir en français, c'est un juste retour des choses. Eaton nous vole notre langue. Nous, on lui vole sa marchandise, fit-elle sans l'ombre d'un remords.

Puis, elle ouvrit la porte de la cabine en me donnant rendez-vous à l'entrée Sainte-Catherine du magasin et en me priant de ne pas la décevoir.

Restée seule dans la cabine, j'ai contemplé le haut en dentelle blanche que j'avais essayé et qui m'allait à ravir. Son prix était exorbitant. Le voler ou pas? La conscience coupable et le cœur pompé par la nervosité, j'ai décidé d'abandonner le haut dans la cabine. Je n'étais pas une voleuse ou du moins, je n'avais pas les nerfs assez solides pour le devenir.

Pourtant, à la dernière minute et presque contre ma propre volonté, j'ai enfoui le morceau de dentelle roulé en boule dans mes culottes et je suis sortie, l'air aussi désinvolte qu'un éléphant égaré au rayon de la lingerie. J'ai pris les escaliers roulants en me tenant le ventre, persuadée qu'un gardien de sécurité allait surgir de nulle part, m'attraper par le collet et me plaquer face contre terre comme une criminelle. Mais aucun gardien de sécurité ou ange exterminateur ne m'attendait. Ni au pied de l'escalier roulant ni aux portes tournantes déversant les clients d'Eaton dans la rue Sainte-Catherine.

— Je suppose que t'as pas eu le *guts* de rendre à Eaton la monnaie de sa pièce, ironisa Marie-T.

Pour toute réponse, j'ai commencé à marcher à l'est d'Eaton, là où le français irait crescendo pendant que l'anglais ne serait bientôt plus qu'un murmure. Mais j'avais à peine fait quelques pas que Marie-T. m'a empoignée par le bras en me demandant où j'allais. J'étais tellement énervée à l'idée de me faire arrêter que je n'avais même pas regardé la direction que je venais de prendre. Tout ce qui m'importait c'était de m'éloigner le plus vite possible de ce magasin maudit.

— C'est parce qu'on habite à l'ouest, m'a rappelé Marie-T.

La mort dans l'âme et la peur dans les talons, je me suis retournée, j'ai pris une grande respiration et je suis partie à courir comme une folle vers l'ouest. Je courais tellement vite que Marie-T. peinait à me suivre. Ce n'est qu'à la rue de la Montagne, à quelques mètres du Château, que je me suis retournée pour voir si Marie-T. suivait. Elle a fini par se profiler à l'horizon, l'air essouf-flée et mécontente. Elle m'en voulait telle-ment qu'elle a refusé d'entrer au Château.

— Vas-y si tu veux, moi je rentre à la maison. De toute façon j'ai en masse de nouveau linge.

Je l'ai suivie à contre-cœur, mais néan-moins fière d'avoir réussi mon premier, et sans doute mon dernier, vol à l'étalage.

*   *   *

Élise nous attendait sur la galerie avec Antoine. Leur réunion, dans ce lieu trop familier, m'a serré le cœur. Plus ça allait et plus je sentais ma place dans la vie d'Élise rétrécir. Antoine, pendant ce temps-là, ne cessait d'y gagner du terrain.

Élise m'a envoyé la main comme si de rien n'était. Pourtant c'était bel et bien la première fois qu'elle ramenait Antoine avec elle rue Marcil et qu'en plus elle l'invitait à souper. Les présentations entre Marie-T.

et Antoine ont duré un quart de seconde. Elles ont été interrompues par la silhouette de Jeannot se profilant à l'horizon et marchant les mains dans les poches vers nous.

Lorsqu'il a gravi les marches, un détail m'a immédiatement frappé : il n'avait pas sa guitare. Pourtant je n'avais pas rêvé. Quelques heures plus tôt, il était revenu rue Marcil expressément pour la chercher. Je n'ai pas pu m'empêcher de lui demander ce qu'il en avait fait.

— Je l'ai vendue, m'a-t-il répondu.

— T'as vendu ta guitare ? me suis-je écriée. Mais pourquoi ?

Il a haussé les épaules, l'air triste ou songeur, ou les deux, je ne m'en souviens plus. Ses sœurs l'ont dévisagé sans comprendre. La guitare de Jeannot, c'était sacré. Il l'avait payée de sa poche quatre ans plus tôt et y tenait plus qu'à la prunelle de ses yeux. Il la lustrait régulièrement avec de l'huile de citron, ne la prêtait jamais et s'il fallait qu'il s'absente quelques jours, il l'enfermait dans un placard cadenassé. Comme Élise me l'avait déjà signalé, Jeannot avait deux amours dans sa vie : la révolution et sa guitare. Or il venait de vendre l'un des deux. Pourquoi diable?

— J'en avais plus besoin, a-t-il laissé tomber avant de s'engouffrer dans la maison.

Remarquant notre air abasourdi, Antoine a demandé ce qui se passait et pourquoi on capotait pour un incident aussi banal. Après tout, des types qui vendaient leur guitare, il y en avait à tous les coins de rue.

Aucune des filles n'a eu le courage de lui expliquer que Jeannot n'était pas comme les autres. Et que s'il avait vendu sa guitare, ce n'était pas pour en acheter une plus chère ou plus performante. Jeannot n'avait jamais rêvé de faire de la scène ou de chanter dans un groupe. Sa guitare ne jouait pas un rôle utilitaire ou même artistique dans sa vie. Elle faisait corps avec lui. À eux deux, ils formaient une sorte de couple.

En vendant sa guitare, Jeannot venait ni plus ni moins de vendre une part de lui-même. La part qui restait n'était pas nécessairement la meilleure.

L'enfer sous terre

Antoine, ce soir-là, a soupé chez les Chevrier. Il a pour ainsi dire pris ma place à
table, entre Élise et Marie-T. Non pas que
j'aie été laissée pour compte et renvoyée
chez moi comme une lépreuse. Pas du
tout. Mme Chevrier a beaucoup insisté pour
que je fasse honneur à sa lasagne et que
je me joigne à sa tablée. Mais je n'avais pas
le cœur à la convivialité. Je voyais arriver le
jour où Élise passerait plus de temps avec
Antoine qu'avec moi, où toute sa vie, en
somme, tournerait autour de cet astre masculin à petites lunettes rondes, et ça me faisait de la peine. À quatorze ans, l'amour est
une abstraction, l'amitié, une réalité rassu-
rante.

Je me sentais abandonnée et ce n'était

rien de nouveau. Une vieille blessure de l'enfance venait de se réveiller, me rappelant ce moment pourri où mes parents m'ont déposée comme un petit paquet chez ma grand-mère en France et sont partis vivre leur vie au Canada. De six mois à cinq ans, ma grand-mère fut ma seule famille. Sur le coup, je ne m'en suis pas formalisée. Après tout, ma grand-mère était tout ce que je connaissais. C'est plus tard que le sentiment d'abandon s'est cristallisé. Plus précisément au moment où les auteurs de mes jours, qui avaient abdiqué leur rôle parental, sont revenus me chercher. Leur petit paquet était devenu une petite fille dont la construction était pour ainsi dire terminée. Je marchais, je parlais, je ne portais plus de couches, je dormais sept heures sans me réveiller. Tout le travail que se tapent les nouveaux parents au prix de leur raison, de leurs nerfs et de leurs nuits était terminé. Mes parents, eux, n'avaient rien payé, ni de leur sueur, ni de leur équilibre mental, ni de leur sommeil. Ils m'avaient mis en consigne pendant cinq ans et ils venaient cueillir, tout bonnement et sans effort, le fruit que ma grand-mère avait patiemment cultivé.

C'est quand le train a quitté la gare et que j'ai abandonné ma grand-mère comme moi-même j'avais été abandonnée que j'ai compris. Tout le poids de cet abandon m'est tombé dessus dans le train qui filait vers Paris et puis dans l'avion qui traversait l'Atlantique, pour ne plus jamais vraiment me quitter.

Le sentiment s'est estompé alors que j'entreprenais ma nouvelle vie avec mes parents, qui avaient la particularité d'être à la fois mes parents adoptifs et biologiques. À force de les fréquenter, mon sentiment d'abandon s'est calmé et a perdu de son acuité, sans pour autant se dissoudre totalement. Tapi au fond de la petite fille et de la fausse orpheline, le sentiment d'avoir été un jour laissée pour compte sur le bord de la chaussée était toujours prêt à resurgir. Élise et Antoine venaient de m'en offrir l'occasion.

Les voir collés-collés comme ça me foutait le cafard. Je me sentais rejetée et exclue de leur bulle même si, techniquement, je n'étais pas seule ni dépourvue. J'avais encore Marie-T. pour m'amuser et faire des mauvais coups. Mais Marie-T. sans Élise, ce n'était pas la même dynamique. En même temps, je pouvais difficilement blâmer Élise. Si Jeannot m'avait accordé le dixième d'attention qu'Antoine lui portait, j'aurais largué mon amie en un claquement de doigts. Mais les échanges des derniers jours avec Jeannot avaient été assez secs, merci. Il se montrait de plus en plus distant et préoccupé. Pas seulement envers moi. Envers un peu tout le monde. Pourquoi tout était si compliqué?

J'ai attendu qu'ils soient tous assis autour de la grande table en chêne et que Mme Chevrier s'amène avec un grand plat en pyrex où fumait sa prodigieuse lasagne gorgée de fromage gratiné. Elle m'a vue debout et prête à partir. Elle a insisté une dernière fois.

— T'es certaine, Nora, que tu veux pas souper avec nous?

J'ai fait non de la tête en fixant Élise. Le corps penché vers Antoine, pas couchée sur lui mais presque, elle susurrait à son oreille sans se soucier le moindrement de moi.

Quant à Marie-T., absorbée par le beurre qu'elle étendait sur son pain blanc tranché, mon départ semblait l'indifférer complètement. J'ai failli changer d'avis et rester rien que pour signaler mon existence à ces deux ingrates mais j'ai préféré quitter discrètement, la tête haute et l'âme pétrie de rancœur.

J'étais tellement vexée que je n'ai même pas remarqué que Jeannot n'était pas à table. J'ai traversé le long couloir sombre tapissé de boiseries, compté les grosses fleurs aplaties du tapis rouge et jaune, laissé traîner mes doigts sur la console en bois lustrée au Pledge. Au moment où je tendais la main vers la poignée de la porte, Jeannot est apparu au sommet de l'escalier du sous-sol.

— Tu restes pas à souper? m'a-t-il lancé, l'air surpris.

J'ai fait non de la tête et haussé les épaules.

— Je ne veux pas déranger Élise et son nouvel ami, Antoine…

— Antoine, hein? a fait Jeannot. Il s'appelle Antoine?

— Oui, Antoine, ai-je acquiescé en soupirant comme si Antoine était une immense roche posée sur mon plexus, qui m'empêchait de respirer.

— T'as pas l'air de l'aimer, a remarqué Jeannot avec un sourire narquois.

— Y est correct, ai-je soupiré à nouveau. C'est juste qu'Élise fait comme s'il était la septième merveille du monde. Je veux dire, y est fin, pis intelligent, il lit plein de livres, il connaît plein d'affaires pis tout, mais euh…

— Mais quoi?

— Oublie ça, c'est pas important.

Je ne sais pas à quoi Jeannot pensait. Mais là, à cet instant précis, alors que le prénom d'Antoine résonnait entre nous deux, un déclic s'est produit dans sa tête. Il m'a priée de l'attendre pendant qu'il allait chercher quelque chose. Il est redescendu dans le sous-sol. Je l'ai entendu farfouiller dans ses affaires, ouvrir et fermer des portes ou des tiroirs. Au bout de quelques minutes, il est réapparu avec un sac à dos et deux petits pots en terre cuite, vides. Il m'a demandé si ça me tentait d'aller faire un tour avec lui. Pas en voiture. En bus.

Si ça me tentait? Je l'ai à peine laissé finir sa phrase qu'un oui empressé s'expulsait de ma bouche, chassant mon cafard comme un vulgaire insecte.

Jeannot m'a précédée dehors en me conseillant d'aller prévenir mes parents. Mais ce n'était pas la peine. Mon père était parti pour deux jours à Ottawa et ne rentrerait pas avant demain soir. Ma mère en avait profité pour aller s'éclater dans les bars de la rue Crescent. Mes allées et venues étaient le cadet de ses soucis. J'étais libre de suivre Jeannot jusqu'au bout de la rue, de la ville et peut-être même jusqu'au bout de la nuit.

Jeannot a alors enjambé la balustrade de la galerie et s'est approché des plants de géraniums dispersés stratégiquement dans des jardinières par Mme Chevrier. Il a pris des poignées de terre à mains nues, dont il a rempli les pots en terre cuite avant d'y planter sommairement quelques géraniums.

Je l'attendais sur les marches de l'escalier. Il est revenu vers moi sans m'expliquer ce qu'il comptait faire avec ses deux petits pots. Et comme j'étais trop heureuse de pouvoir repartir en balade avec lui, je n'ai pas posé de questions.

Nous avons pris l'autobus sur Côte-Saint-Luc en faisant des blagues sur les noms à donner aux deux pots de géraniums. J'ai suggéré Laurel et Hardy, Grujot et Délicat, Bobino et Bobinette, et John et Yoko. Jeannot, lui, s'est mis à débiter des noms étranges de couples qui se sont immédiatement cognés au puits sans fond de mon inculture. Des noms comme Sacco et Vanzetti, Vallières et Gagnon, Che et Castro, et ses préférés : Ethel et Julius Rosenberg. Pour se foutre de ma gueule, il m'a demandé de répéter les noms qu'il venait de citer. Je me souvenais vaguement de *Vallier* et Gagnon, mais les autres noms avaient été rayés de ma mémoire avant même d'y avoir figuré. Jeannot m'a rabroué gentiment en rigolant, ce qui a failli me faire fondre de bonheur.

Nous étions assis côte à côte sur le banc en plastique dur du bus, nos coudes se touchant, nos genoux se frôlant. Une chaleur bienfaisante parcourait mon corps, le rendant mou et détendu. Ce que j'aurais donné pour que ce moment de pure béatitude dure jusqu'à la fin des temps! Mais c'était mal connaître la cyclothymie de Jeannot.

Après avoir rampé le long de la pente abrupte de Côte-Saint-Luc, le bus a franchi la frontière de Westmount et dépassé de magnifiques châteaux en pierre et des jardins anglais aux pelouses verdoyantes tondues à la perfection. En longeant The Boulevard, je me suis tournée vers Jeannot avec un sourire un peu niais. J'ai vu que son beau visage s'était rembruni comme un ciel bleu grignoté par un nuage. Pour le dérider, j'ai repris une phrase que mon père ne manquait pas de nous servir chaque fois que nous empruntions The Boulevard. C'était une promesse qui faisait ma joie et à laquelle je croyais dur comme fer.

— Tu vois ces maisons-là, ai-je dit en indiquant les châteaux par les fenêtres du bus. Un jour, dans pas longtemps, on va en avoir une à nous. Mon père me l'a promis.

C'était une phrase typique d'immigrant plein d'allant et d'ambition, une phrase de type qui, au contact de son nouveau pays et de sa nouvelle vie, se retrousse les manches et se met à rêver en couleurs que tout est possible. Il fallait venir d'ailleurs pour en saisir l'essence. Mais aux oreilles de Jeannot qui ne venait pas d'ailleurs, c'était une phrase creuse et égoïste. Au lieu d'améliorer son humeur, elle l'empira. Ses yeux noirs sont devenus deux minuscules trous amers.

— À ta place, je m'en vanterais pas trop, m'a-t-il lancé avec mauvaise humeur.

— Pourquoi? ai-je protesté.

— Tu te souviens pas de ce qui est arrivé ici, l'an passé?

— Ici, sur The Boulevard?

— Non, ici à Westmount, dans les grosses cabanes des *big boss* pis des *big shots.*

— Non, qu'est-ce qui s'est passé?

— Boum! a fait Jeannot avec un sourire agressif. Boum cinq fois, c'est ça qui s'est passé! C'est vraiment ici que tu veux vivre? Avec la racaille capitaliste qui exploite le pauvre monde?

— J'exploite personne, me suis-je

défendue. Je veux juste vivre dans une belle grande maison.

— Pff… des rêves de petite bourgeoise, a fait Jeannot en hochant la tête d'un air écœuré.

C'est vrai que deux mois plus tôt, à Westmount, alors que la crise d'Octobre n'était plus, en principe, qu'un mauvais souvenir, cinq bombes avaient sauté. Deux autres avaient été désamorcées. Il y avait eu des dégâts et trois blessés, dont une fillette. Mais les Montréalais s'étaient dépêchés d'effacer ces bombes incongrues de leur mémoire, comme on oublie la petite réplique qui suit le gros tremblement de terre. La crise d'Octobre était terminée. Les felquistes purgeaient leur peine en prison ou en exil quelque part dans un Club Med communiste. Pourquoi ressasser cette vieille histoire qui n'intéressait plus personne?

— Je pensais que t'avais plus de conscience sociale que ça, m'a lancé Jeannot avec une pointe de mépris.

Je n'ai rien trouvé à rajouter, et Jeannot non plus. Nous sommes restés silencieux pour le reste du trajet pendant que des deux côtés du Boulevard défilaient les châteaux que mon père m'avait promis et qui ont fini, eux aussi, par s'ajouter à la longue liste de ses promesses non tenues.

Jeannot a tiré sur la sonnette et nous sommes descendus à Côte-des-Neiges pour prendre un autre bus, cette fois en direction de la montagne. Il n'offrait toujours pas d'informations sur notre destination finale et je n'insistais pas pour en obtenir. Je l'avais déjà suivi jusqu'à Saint-Profond-des-Creux. Je pouvais très bien en faire autant pour Nulle Part à Montréal.

Nous sommes descendus à l'arrêt au pied de la montagne et avons gravi la route sinueuse menant au lac aux Castors. Mais au lieu d'aller vers le lac, nous avons pris la direction contraire, traversé la route et franchi la barrière physique et psychologique qui sépare les vivants des morts. Le mystère était élucidé : Jeannot m'emmenait au cimetière.

— Qu'est-ce qu'on fait ici ? ai-je fini par demander.

— On vient rendre hommage à un mort, a précisé Jeannot en me laissant de nouveau dans le noir le plus complet même si le soleil de ce soir de juillet dardait encore ses rayons sur nos têtes.

Nous avons dépassé des rangées de tombes, cordées serrées comme des sardines, ou pis encore, comme les passagers des classes économiques des avions. Les morts nous encerclaient de partout et l'entassement militaire de leurs stèles me déprimait profondément. Déjà qu'on était tous plus ou moins condamnés à vivre les uns sur les autres sur terre, j'avais de la difficulté à accepter que, morts, on tienne pour l'éternité dans un espace de la taille d'un tampon.

Tant qu'à être mort, aussi bien l'être dans un cimetière de campagne avec de l'air et de l'espace pour respirer. Autrement, finir ses jours dans une cage à poule souterraine n'avait rien de reposant et ressemblait plutôt à l'enfer. L'enfer six pieds sous terre.

Jeannot me précédait avec ses deux pots de géraniums en surveillant les allées et en tâchant de se souvenir d'un emplacement en particulier. Passé les tombes de la classe économique, nous avons emprunté des allées bordées d'érables argentés, de marronniers et de monuments en granit noir dédiés aux défunts les plus riches de la société.

Des anges en marbre blanc, figés dans la douleur, la pitié ou la commisération, nous narguaient du regard. Il me semble que nous avons marché cent ans dans le cimetière avant d'aboutir devant une stèle toute simple en granit gris pâle avec, gravé sur sa surface lisse, le nom d'Antoine Chevrier, mort cinq ans plus tôt à l'âge de dix-sept ans. Jeannot a déposé les deux pots de géraniums sur la tombe de son frère avant de se tourner vers moi.

— Je te présente mon grand frère Antoine... mon ostie de cave de frère, mort pour rien dans un accident de moto.

— Pourquoi tu dis ça? ai-je demandé doucement en m'approchant.

Jeannot s'est assis sur le bord de la tombe d'Antoine en m'indiquant de la main d'en faire autant. Puis il a sorti de son sac à dos un paquet de cigarettes où il avait glissé un joint de mari. Il l'a aussitôt allumé, en a pris une bouffée et me l'a passé.

— Pourquoi c'est un ostie de cave? a répété Jeannot.

J'ai pris une poffe de mari et lui ai tendu le joint. Il m'a regardé droit dans les yeux et a poursuivi, mais en se parlant autant à lui-même qu'à moi.

— Parce qu'il se pensait plus fin que les autres, conduisait comme un malade et qu'il a scrappé sa vie pour un tas de ferraille… Dix-sept ans, c'est pas un âge pour mourir.

— Y a un âge pour mourir? fis-je avec une certaine impertinence.

— Non, mais y a un âge pour vivre, et c'te cave-là le saura jamais! a lancé Jeannot avec une certaine brutalité.

— Moi j'aurai dix-sept ans dans trois ans et j'ai bien l'intention de m'y rendre, ai-je ajouté pour alléger l'atmosphère.

Jeannot s'est calmé un quart de seconde, juste assez longtemps pour dire qu'Antoine aurait eu vingt-deux ans la semaine prochaine.

— Élise et Marie-T. ne parlent jamais de lui, ai-je remarqué.

Jeannot a acquiescé sans répondre, laissant son regard errer sur les stèles des environs comme s'il prenait la mesure de ce que la vie lui réserverait un jour. Je suis revenue à la charge.

— Pourquoi Élise et Marie-T. n'en parlent jamais?

Jeannot est sorti de sa torpeur et m'a dévisagée avant de donner sa version de l'histoire.

— Antoine c'est un sujet tabou chez nous. Personne n'en parle jamais. Mes parents filent super *cheap* parce qu'ils lui ont passé le *cash* pour acheter sa moto. C'tait censé être un prêt...

— Et tes sœurs?

— Elles filent encore plus *cheap* parce que c'est à cause d'elles si y est revenu à deux cents milles à l'heure en ville.

— Comment ça?

— Y était parti dans les Laurentides. Y avait promis aux filles qu'il leur ferait faire un tour en revenant. Quand y a appelé pour dire qu'il restait à coucher chez ses amis, les filles ont tellement chialé qu'y a accepté de revenir avant qu'il fasse nuit. Y est parti trop tard. Il s'est mis à pleuvoir.

Y allait trop vite. Y a perdu le contrôle. Y est rentré dans un *truck*...

Le silence s'est glissé en voleur entre nous. Et les effluves du joint. La tête me tournait et j'avais le sentiment étrange de me liquéfier lentement sur la dalle de la tombe. Le soleil déclinait dans le ciel, dessinant des plaques d'ombres ici et là, et allumant des restants d'incendie ailleurs dans le cimetière.

— Y est mort pour rien, le cave, a soupiré Jeannot.

— C'est quand même pas de sa faute...

— Oui c'est de sa faute! Y avait pas besoin d'une câlice de moto mais y en voulait une pareil. Pourquoi? Pour impressionner les filles pis faire son frais? C'est ça que ça donne, vouloir à tout prix posséder des affaires, des motos, des gros chars, des grosses cabanes! Ça donne que t'es mort avant même d'avoir vécu!

L'amertume de Jeannot était palpable. Sa peine aussi. Je n'avais peut-être que quatorze ans et pas une grande connaissance de l'âme humaine, mais je sentais confusément tout l'amour que Jeannot portait à son frère perdu. Il y avait un fond d'admiration dans la voix du petit frère évoquant celui qui aurait dû lui montrer le chemin. De l'admiration, mais aussi de la rage.

J'aurais aimé le consoler, mais quelque chose me disait que Jeannot était inconsolable, que la mort d'Antoine avait ouvert en lui une brèche, peut-être même une crevasse qui refusait obstinément de se refermer et qui lui donnait envie de tout casser sur son passage. Ou peut-être que j'avais tout faux. Peut-être que Jeannot était venu au monde enragé. Que la rage chez lui était aussi naturelle que ses yeux noirs et ses cheveux bouclés. Son frère pourrait être encore vivant que cela n'y changerait rien.

— Pourquoi t'as vendu ta guitare? lui ai-je demandé à brûle-pourpoint, en faisant un lien inconscient et involontaire avec la perte de son frère.

Jeannot s'est retourné et m'a considérée un instant comme si j'étais à nouveau devenue un être humain crédible. Il s'est esclaffé doucement.

— C'est drôle que tu me demandes ça, ici, maintenant…

— Tu tenais à ta guitare plus qu'à tout…

— C'est vrai.

— Alors?

— Alors j'en ai plus besoin. Pas pour ce que j'ai à faire…

— Qu'est-ce que t'as à faire?

Jeannot a souri. Il s'est levé de la tombe et m'a jeté un regard affectueux.

— Tu poses trop de questions, Norad!

— Je suis une fille, pas un espace aérien, ai-je protesté.

Je me suis levée, mon visage à quelques pouces du sien, son haleine sucrée se mêlant à mon souffle court. Nous avons échangé un long regard rempli d'ambiguïté, de tensions et de désirs refoulés, du moins de ma part. De la sienne? Qui sait.

Mon cœur battait fort dans ma poitrine: un concert de casseroles en accéléré. J'ai fermé les yeux en tanguant et en attendant le frôlement de sa peau, le frottement de nos lèvres et le baiser, le doux baiser, que j'espérais ardemment depuis trop longtemps. En vain.

Quand j'ai ouvert les yeux, Jeannot

marchait en avant à plusieurs mètres de moi. J'ai couru pour le rattraper. Mais au lieu de lui emboîter le pas, je l'ai dépassé en courant. J'ai aperçu un tas de terre noire au croisement d'une allée. J'en ai pris une poignée dans mes mains, je me suis retournée et je l'ai lancée sur Jeannot en riant. Il a cherché à l'éviter, mais sans succès. Il s'est alors rué sur le tas de terre à son tour et m'en a lancé. Lorsque je me suis penchée pour en ramasser, Jeannot a tenté de bloquer mon geste. J'ai perdu pied et lui aussi. Nous avons roulé dans la terre noire et humide en nous débattant et en riant comme des enfants.

Quand nous nous sommes relevés, à bout de souffle et encore hilares, nous avions le visage et les mains barbouillés de terre comme deux mineurs échappés de la mine de charbon.

Chacun de notre côté, nous avons fait de notre mieux pour nous nettoyer sommairement, en nous frottant le visage et en essuyant nos mains sur nos vêtements fripés. Mais la terre s'était incrustée dans nos pores, laissant des plaques brunes ici et là. Comme je n'avais pas de miroir, j'ai demandé à Jeannot de vérifier s'il restait des traces de saleté sur mon visage. Il s'est approché et a indiqué du doigt un endroit sans y toucher. Je me suis approchée à mon tour. Il m'a indiqué à nouveau l'endroit sur ma joue. Je l'ai balayé de la main, puis je me suis hissée sur la pointe des pieds. Sans crier gare, je lui ai plaqué un baiser sonnant sur les lèvres. Une fraction de seconde, Jeannot est resté saisi, silencieux, comme en suspens ou en état d'apesanteur, et puis, contre toute attente, au lieu de me repousser ou de me traiter de folle, il a ri. Oui, il a ri, sans méchanceté ni ironie. Il a ri de bon cœur avant de m'ébouriffer les cheveux et de partir à courir. Je suis partie à ses trousses en volant presque. L'enfer était peut-être six pieds sous terre, mais au-dessus, il y avait encore de l'espoir.

Les traces du divan disparu

Des fois, il suffit d'une minute pour que tout s'écroule. Une minute on vit, on rit, on respire. La minute suivante, on est mort; d'une crise cardiaque ou d'un accident de moto, brûlé vif ou étouffé, tiré à bout portant ou noyé.

En une minute, que dis-je, en une fraction de seconde, cette minuscule tranche de temps qui sépare un battement de cœur d'un autre, on peut perdre sa vie, sa santé mentale, ses parents, son estime de soi, son passeport et tout l'argent dans son compte en banque. Moi, en une minute, j'ai perdu mon amie et la certitude réconfortante de notre amitié.

En revenant du cimetière avec Jeannot, je ne portais plus à terre. Je flottais littéralement comme une mongole fière. Le joint de mari fumé sur la tombe d'Antoine n'y était pas étranger, tout comme le baiser que j'avais volé à Jeannot sans qu'il porte plainte à la police ou à l'escouade de la moralité. La vie était belle et puis, rue Marcil, à la hauteur de l'allée des Chevrier, mon monde s'est écroulé.

Assis sur les marches devant la porte, leurs genoux collés, leurs cheveux entremêlés, ne formant plus qu'une seule et unique entité, Antoine et Élise s'embrassaient. Bouche contre bouche, lèvres scellées, salives mêlées, langues tressées, ils frenchaient. La roche qui pesait sur mon plexus à la vue d'Antoine s'est muée en poignard. Élise et lui venaient de m'enfoncer le dard de leur baiser en plein cœur.

Surpris par le pas lourd de Jeannot sur les marches, les amoureux ont sursauté avant de s'écarter légèrement l'un de l'autre. Élise m'a aperçue, figée sur le trottoir devant elle. Elle m'a souri, une façon de m'inclure à nouveau dans sa vie, mais le mal était fait. Je l'avais prise en flagrant désir d'amour et l'image de sa silhouette soudée à celle d'Antoine m'avait dévastée. Avoir eu quelques années de plus, j'aurais félicité les nouveaux amoureux et passé le reste de la soirée avec eux. Mais je n'avais que quatorze ans, des parents sur le point de se séparer, une famille qui allait voler en éclats, un vieux relent d'abandon qui me collait aux talons et, comme si cela ne suffisait pas, voilà que la seule source de stabilité dans ma vie était en train de se désolidariser de moi.

— Viens t'asseoir avec nous, a fait Élise en tapant sur la marche en bois à côté d'elle.

— Oui, viens-t'en! a répété Antoine.

— Pour vous regarder frencher toute la soirée? Non merci! ai-je tonné en tournant les talons brusquement et en m'élançant vers la rue.

La voiture noire non identifiée dont on ne savait toujours pas qui elle surveillait a surgi au moment où j'allais traverser, bloquant ma fuite.

— Franchement, No! Qu'est-ce qui te prend? m'a lancé Élise, surgie subitement sur le trottoir à mes côtés.

J'ai détourné la tête, laissé passer la

bagnole et fait un pas. Élise m'a retenue par le bras.

— Vas-tu me dire ce que t'as?

J'ai trépigné un instant sans répondre, hésitant entre m'arracher à l'emprise d'Élise, courir jusqu'à chez nous et m'enfermer à double tour, ou lui dire ses quatre vérités. J'ai opté pour la version abrégée des quatre vérités.

— J'ai que tu m'as menti. Tu m'as dit qu'Antoine était juste un ami… On frenche pas avec un gars qui est JUSTE un ami!

— Mais qu'est-ce que ça peut te faire?

— Ça me fait que je pensais que je pouvais te faire confiance… Je pensais qu'on se disait tout, mais je me rends compte que c'est pas le cas… Tu m'as menti et y a rien que j'haïs plus que le monde qui ment…

— Je t'ai pas menti. Je le savais même pas moi-même qu'Antoine et moi c'était plus que… de l'amitié.

— Me prends-tu pour une conne?

— Coudonc, No, c'est quoi ton problème? Tu devrais être contente pour moi!

— Ben je le suis pas! ai-je bredouillé

avant de me précipiter dans la rue et de me sauver.

Élise n'a pas cherché à me retenir ou à me rattraper. Je ne sais même pas si elle m'a entendue claquer la porte de toutes mes forces. Elle est retournée vers Antoine qui, trop heureux de m'avoir éliminée, lui a ouvert ses bras.

La maison était plongée dans l'obscurité. Pas l'ombre d'un parent à l'horizon. Quelques boîtes de carton empilées les unes sur les autres encombraient le vestibule. Plaquée contre la porte d'entrée, je les regardais sans les voir. En fait, je ne voyais plus rien sinon ma rage et ma jalousie. Je me suis avancée de quelques mètres, et subitement mes forces m'ont quittée et j'ai éclaté en sanglots. Trop d'émotions en une seule soirée, et personne à la maison pour me consoler et me persuader que je n'étais pas en train de vivre un début de fin du monde même si, en réalité, c'était ce qui se passait.

J'ai encore très mal dormi cette nuit-là. Une nuit peuplée de cauchemars. Le lendemain, un bruit d'essieux montant de la rue et mêlé à des voix tonitruantes m'a réveillée. Je me suis enfouie la tête sous l'oreiller pour faire taire la cacophonie et, par la même occasion, calmer le tambour qui pulsait contre les parois de mon crâne. Mais les voix continuaient leur tapage. Des coups de klaxon ont fusé, suivis d'une sorte de galopade dans les escaliers dehors, puis dans la maison. J'entendais vaguement la voix de ma mère donner des ordres.

J'avais tout fait pour retarder le moment où je m'extirperais du lit mais je n'avais plus le choix : un nouveau jour, mais surtout une nouvelle réalité, m'attendait au rez-de-chaussée.

À mi-chemin dans l'escalier, la main sur la rampe, l'esprit embrouillé, je n'ai pas tout de suite compris la scène qui se jouait devant mes yeux. Deux déménageurs, écrasés par le poids du divan qu'ils portaient à bout de bras, tentaient désespérément de tourner le meuble trop carré pour qu'il franchisse la porte d'entrée sans trouer les murs ni faire trop de dégâts.

Ma mère, qui les regardait faire depuis la première marche de l'escalier, a senti ma présence. Elle s'est retournée vers moi en forçant un sourire qui n'augurait rien de bon.

— Bonjour ma grande, a-t-elle fait avec la fausse commisération des anges croisés la veille dans le cimetière.

— Qu'est-ce qui se passe? ai-je lancé avec une panique grandissante.

— Je m'en vais. Je déménage. Ton père va rentrer cet après-midi. Il est au courant. Fallait qu'on règle ça avant que ton petit frère revienne du camp.

— Mais, mais... mais pour... pourquoi? ai-je bredouillé en me laissant choir sur les marches de l'escalier.

— Pourquoi quoi? a-t-elle répété comme si ma question pouvait porter sur autre chose que l'imminente dislocation de notre famille.

— Pourquoi tu t'en vas? Pourquoi vous vous séparez? Pourquoi tout de suite? Pourquoi maintenant?

— Pour ne pas trop traumatiser ton frère. Il a juste huit ans. Je ne peux pas faire ça devant lui, il ne comprendrait pas.

Ma mère avait visiblement oublié qu'une

semaine plus tôt, c'est moi qui ne comprenais rien à leur séparation et qui étais traumatisée. Tellement traumatisée que j'avais voulu fuir à l'autre bout du pays pour recoller leur couple. N'avait-elle rien senti ? Rien compris ? Ne voyait-elle pas le désarroi dans lequel elle me plongeait de nouveau, non seulement en allant de l'avant avec son projet destructeur et blessant, mais en refusant de reconnaître ma peine et en piétinant, avec ses belles bottes lacées blanches, ma vulnérabilité ? Son indifférence me mettait hors de moi. Je me suis levée, chancelante mais pleinement réveillée.

— Moi, évidemment, ça compte pas ! me suis-je écriée.

— Nora, franchement ! T'as l'âge de comprendre que des fois il vaut mieux que des gens se séparent, a-t-elle répondu.

— Dans ce cas-là, toi, t'as l'âge de savoir qu'en vous séparant, vous allez gâcher la vie de vos enfants ! ai-je hurlé.

Tournant le dos à ma mère, j'ai martelé les marches de l'escalier avec toute la force de ma rage, avant de m'enfermer dans ma chambre.

Ma mère a cogné doucement à ma porte. Je n'ai pas répondu. Elle a repris avec de plus en plus de vigueur.

— Nora, ouvre-moi s'il te plaît.

En tournant la poignée, elle a vite rencontré la résistance d'une commode de deux tonnes que j'avais plaquée contre la porte pour lui barrer l'accès.

— Nora, ne fais pas l'enfant. Laisse-moi entrer. Je vais tout t'expliquer, a-t-elle imploré.

Mais ma rage contre elle n'avait d'égal que ma détermination à la bannir de ma vie. Elle voulait nous quitter ? Tout foutre en l'air, tout bousiller ? Saccager notre cellule familiale ? Grand bien lui fasse. Elle ne méritait plus d'être ma mère. Ni de mettre les pieds dans ma chambre.

Au bout de plusieurs longues minutes, voyant que je ne céderais pas, elle a abandonné la partie. Je l'ai entendue descendre puis me crier qu'elle me laissait son adresse et son nouveau numéro de téléphone sur la table de la cuisine.

Blottie contre les rideaux de ma fenêtre, je l'ai regardée monter avec sa valise dans le taxi. Cette fois-ci ce n'était pas du cinéma : elle nous quittait pour de bon. Je me suis roulée en boule sur mon lit et j'ai pleuré toutes les larmes de mon corps. J'ai fini par m'endormir, abrutie de douleur.

Quand je suis redescendue, le divan disparu avait laissé la fine trace de sa présence en un rectangle d'une couleur délavée sur le tapis vert forêt. Je n'arrivais pas à arracher mon regard de ce rectangle, témoin criant de ma perte, de ce qui avait été et de ce qui ne serait plus. Le divan avait laissé une trace, oui, mais cette trace était en réalité une tache, une empreinte, une preuve incriminante dessinée autour du cadavre encore chaud du couple de mes parents.

Mon petit frère, excité d'être de retour et courant partout comme un chiot, n'avait même pas remarqué la disparition du divan ni le cratère de vide qu'il avait laissé au milieu du salon. Mon père lui avait raconté que notre mère était partie en voyage, et comme notre mère était toujours partie en voyage, il l'avait cru. Ce fut une soirée triste à mourir.

Mon père avait commandé une pizza.

J'avais mis la table pour trois, dépitée par la trinité bancale à laquelle j'étais désormais condamnée. J'avais essayé de faire une salade comme ma mère savait si bien la faire avec une pincée de sel et un dosage toujours parfait d'huile et de vinaigre. Mais j'avais eu la main trop lourde avec le vinaigre, ce qui avait amplifié l'amertume de la laitue, et la mienne aussi.

À table, mon père avait tenté quelques mauvaises blagues qui étaient toutes tombées à plat à côté de la pizza infecte que mon petit frère, protégé par son insouciance, dévorait joyeusement. Consciente que j'étais appelée à devenir plus ou moins sa mère, du moins tant que je vivrais rue Marcil, j'avais souri à mon frère en lui pinçant la joue. Il avait fait semblant de crier en riant. Ma pizza commençait à refroidir dans mon assiette. J'en ai pris une bouchée que j'ai mastiquée une éternité. Incapable de l'avaler, je l'ai recrachée avant d'éclater en sanglots et de quitter la table précipitamment.

Les semaines qui ont suivi ont été parmi
les plus tristes de mon adolescence. Et le
pire c'est que le plus triste était encore à
venir. Y a des moments comme ça dans la
vie où tout se casse, se défait, s'effrite et
s'enchaîne pour former une série noire
dont on attend la fin avec impatience et qui
n'en finit plus de se faire attendre.

Mes parents séparés, ma mère partie,
mon père assommé, Élise quasi mariée,
Marie-T. happée par ses amies féministes
et Jeannot disparu dans la nature, j'étais
perdue et sans repères. Je me sentais seule,
abandonnée, anormale, coupable de ne pas
avoir su retenir ma mère, malheureuse de
m'être brouillée avec ma meilleure amie et
stupide d'avoir pensé une seule seconde
que son grand frère s'intéressait à moi.

À la piscine Kensington, clouée à ma
serviette, je broyais du noir en regardant
les gamins énervés s'éclabousser d'eau
turquoise. J'étais gonflée de chagrin et à la
dérive comme ce ballon de plage jaune et
bleu flottant à la surface de la piscine. Trois

jours de suite, j'ai creusé ma tombe sur le béton brûlant. Si seulement j'avais été seule, la douleur aurait été plus supportable. Mais mon père m'avait obligée à y traîner mon petit frère que je considérais moins comme un être humain que comme un boulet.

Celui-ci n'en finissait plus de me harceler pour que j'aille jouer dans l'eau. Plus il insistait, plus je rêvais qu'il boive une grosse tasse, qu'il se noie et qu'on en finisse une fois pour toutes avec cette famille qui n'en était plus une.

Deux ou trois semaines ont passé. Des semaines où je me suis fait chier comme c'est pas permis mais où j'ai appris une chose, essentielle et vitale : le chagrin n'est pas plus éternel que la joie. Après avoir touché le fond, il n'y a d'autre choix que de remonter. C'est ainsi que j'ai fini par émerger et même par prendre plaisir à jouer dans l'eau avec mon petit frère sans essayer de le noyer. La douceur de l'air de la fin d'août aidant, j'ai repris goût à la vie. Lentement, et puis avec un peu plus d'entrain.

Un jour, assise dans le fauteuil en osier de notre galerie, j'ai vu Élise sortir de chez elle. Sur l'impulsion du moment, je lui ai envoyé la main. Elle m'a immédiatement souri et fait signe de venir la rejoindre. Après un mois de guerre froide et d'embargo, l'interdit de traverser la rue Marcil fut levé.

Je me suis retrouvée sur la galerie des Chevrier comme dans le bon vieux temps, quand l'été était encore jeune et Jim Morrison, toujours vivant. La seule différence c'est que les géraniums, dopés par le beau temps et la chaleur, avaient poussé comme des baobabs. Leurs fleurs lourdes et grasses cascadaient des jardinières, éclaboussant de leurs couleurs éclatantes le fer forgé de la galerie.

Le plus machinalement du monde et comme si nous ne nous étions jamais brouillées, Élise et moi avons repris le fil de notre amitié en nous livrant à notre activité préférée : imaginer un destin tordu aux passants qui s'aventuraient dans la rue devant nous. Le moment était mal choisi. La rue était déserte, et la plupart des passants qui auraient pu nous servir de cibles, encore en vacances. Et puis, subitement,

Élise m'a donné un coup de coude, m'invitant à regarder dans sa direction. Quelqu'un s'en venait vers nous : quelqu'une, en fait. On ne distinguait pas encore son visage. Seulement sa tenue : robe ample et longue, sabots, sac à dos, bandeau autour de la tête pour retenir ses longs cheveux droits.

— Une hippie, s'est écriée Élise. Une hippie rue Marcil ! J'pensais qu'y poussaient juste en Californie !

— Tu l'as jamais vue avant ? demandai-je à Élise alors que la fille était encore loin, et les traits de son visage, flous.

— Jamais, a répondu Élise avant de se taire subitement et d'écarquiller les yeux.

La hippie en question s'approchait en nous fixant comme si elle nous connaissait. Arrivée à notre hauteur, elle a cessé de marcher et nous a lancé un regard bienveillant.

— Bonjour les filles, fit Mlle Juneau. Vous avez passé un bel été ?

— Mademoiselle Juneau, c'est vous ? s'est écriée Élise avec stupeur.

Élise a aussitôt enjambé la galerie et s'est plantée dans les marches pour avoir un meilleur point de vue de l'extraordinaire transformation de Mlle Juneau. J'ai fait de même.

— C'est vraiment vous, mademoiselle Juneau? répéta-t-elle d'un air ébahi.

— Appelez-moi Martine et, s'il vous plaît, laissez faire le « mademoiselle », fit Martine en enlevant son sac à dos pour le poser sur les marches.

— J'en reviens pas. Vous avez tellement changé! poursuivit Élise.

— Ça, pour changer, j'ai changé, répondit Martine. J'ai passé les deux derniers mois dans une commune… Le *trip* de ma vie, dit-elle en ajustant son bandeau.

— Une commune! répéta Élise au bord de la crise d'apoplexie.

— C'était comment? fis-je pendant qu'Élise reprenait son souffle. C'est vrai que tout le monde fait l'amour avec tout le monde?

Mlle Juneau esquissa un petit sourire coquin.

— C'est pas juste dans les communes qu'on fait l'amour, vous savez… Moi, depuis que je suis séparée, j'essaie de le faire au moins une fois par jour…

— Une fois par jour! fit Élise avec une admiration mêlée d'incrédulité.

Pendant que les prouesses sexuelles de Martine la miraculée accaparaient l'attention médusée d'Élise, une question pratico-pratique traversa mon esprit et jaillit de ma bouche :

— Mais comment vous faites pour ne pas… euh, ne pas…

— Ne pas quoi? fit Martine.

Je déglutis en rougissant.

— Ne pas tomber enceinte, laissai-je tomber d'un air gêné.

Plutôt que de me répondre, Martine la miraculée fit pivoter son corps pour qu'il soit de profil et lissa sa robe sur son ventre afin qu'y apparaisse une protubérance dont elle était particulièrement fière.

— Pas besoin de rien faire, fit-elle, rayonnante. J'en suis à mon cinquième mois. Si c'est une fille, je vais l'appeler Océania, si c'est un garçon, Éden. C'est *cool*, hein?

Élise bondit sur le trottoir pour aller embrasser la voisine et la féliciter. Je m'approchai à mon tour sans trop savoir quel protocole suivre. Mais Élise coupa court à mon hésitation en tendant une perche, voire un gros câble, à la future mère.

— Le père doit être content, ajouta-t-elle dans le but détourné mais précis de connaître l'identité du futur papa.

La future mère haussa les épaules.

— Il n'y a pas de père… C'est fini ça, le père…

— Pardon? fit Élise, légèrement déstabilisée par cette assertion pour le moins étonnante.

— Mon enfant va être élevé par tout le monde de la commune… Il n'aura pas UN père, il en aura quinze, fit-elle dans un grand éclat de rire.

— Oui, mais son…, fis-je avec prudence. Celui qui, enfin celui…

— Son géniteur? s'esclaffa Martine.

— Oui, son géniteur!

— Aucune idée c'est qui. Et c'est tant mieux! trancha l'ex-prof de français coincée muée en déesse débauchée de l'ère du Verseau.

Sur ces bonnes paroles, Martine la miraculée sortit ses clés de son sac à dos, gravit les quelques marches menant à son logement et disparut dans un nuage de bonne humeur, d'inconscience et de pat-chouli.

Élise et moi sommes restées sonnées et statufiées sur les marches de l'escalier pendant plusieurs secondes. Puis nous nous sommes lentement tournées l'une vers l'autre avant d'échanger un regard ébahi et d'éclater de rire. Décidément, cette Mlle Juneau était tout un numéro. Elle nous avait battues à notre propre jeu. Magis-tralement.

Nous étions encore en train d'en rire lorsque Jeannot est apparu au coin de la rue. Il marchait vers nous tête baissée, ce qu'il faisait naturellement et qui ne voulait rien dire de particulier. Mais en le voyant approcher, nous avons constaté qu'il avait l'air plus préoccupé que d'habitude, ce qui n'était pas peu dire.

Tendu, pas rasé, pas parlable non plus, Jeannot a gravi les marches sans nous adresser la parole.

— Tu devineras jamais ce qui est arrivé à Mlle Juneau! lui lança Élise.

Jeannot ouvrit la porte sans desserrer les lèvres et sans répondre à la devinette de sa sœur.

— Eille, je te parle, s'impatienta Élise.

Mais Jeannot avait déjà refermé la porte, nous abandonnant à nos blagues et à nos scénarios de destins tordus. On aurait pu se venger de sa mauvaise humeur en lui prédisant, dans son dos, un destin de dentiste ou d'agent d'assurance, à mille lieues de ses aspirations révolutionnaires.

Mais comme il n'était pas un étranger, une condition *sine qua non* pour être la cible de nos prédictions fictives, nous l'avons laissé aller à bon compte sans essayer de lui fabriquer un destin.

Aurions-nous voulu le faire que notre imagination n'aurait jamais été à la hauteur de la suite des événements.

Jeannot le héros

Quatre voitures de police, sirènes hurlantes et cerises virevoltantes, ont surgi rue Marcil en fin d'après-midi. Nous étions en train de niaiser parmi les géraniums sur la galerie des Chevrier. De niaiser comme trois adolescentes qui profitent de leurs dernières heures de liberté de l'été.

C'était une journée sans histoire du début de septembre, quand le fond de l'air est plus frais, que le soleil se couche plus tôt et que les nouveaux cahiers, qui sentent l'encre, forment de jolies piles multicolores chez les fournisseurs de matériel scolaire.

Les quatre voitures de police ont freiné brusquement en un crissement de pneus strident. Les filles et moi n'avons même pas eu le temps de réagir que deux flics, qui avaient bondi de la première voiture, nous interpellaient en jappant.

— La famille Chevrier c'est ici?

— C'est à quel sujet? a répondu, du tac au tac, la baveuse à Marie-T.

C'est pas Marie-T. qui allait se laisser intimider par une bande de types armés qui se croyaient tout permis. Le flic s'est détourné sans répondre et a appuyé sur la sonnette.

— C'est à quel sujet? a répété Marie-T. pendant que, muettes d'inquiétude, Élise et moi retenions notre souffle.

Le flic lui a lancé un regard par en dessous qui se voulait vaguement menaçant. Marie-T. a continué à le fixer sans broncher.

Tous les autres flics étaient sortis de leur auto, certains bloquaient la rue, d'autres faisaient le guet sur le trottoir. Mme Chevrier a ouvert la porte avec son grand sourire de mère nourricière. Son sourire s'est figé en une sorte de rictus perplexe à la vue des policiers.

— Madame Chevrier?

Laurette a fait oui de la tête.

— Avez-vous un fils du nom de Jean-Philippe Chevrier?

Laurette a porté la main à son cœur. Elle a pâli. Son menton s'est mis à trembler. Certaines nouvelles ne s'annoncent tout simplement pas sur le pas d'une porte. Mme Chevrier l'a vite compris. Sans dire un mot, le dos déjà courbé par la fatalité, elle a invité les flics à la suivre dans la maison. Élise, Marie-T. et moi avons échangé un regard : le dernier avant que le peu d'innocence qui nous restait nous soit confisqué.

* * *

Jeannot est mort un samedi, comme Jim Morrison. Mais pas dans la douceur tiède d'un bain parisien et pas tout de suite. Entre le moment où il s'est effondré dans une mare de sang sombre sur la banquette arrière de la Ford bleu marine, le crâne troué par une balle, et le moment où il a rendu l'âme à l'hôpital, un peu moins de vingt-quatre heures se sont écoulées.

Pendant un bref instant, on a cru qu'il s'en tirerait. Qu'il aurait la vie sauve malgré l'impact de la balle et la gravité de sa blessure. On y a vraiment cru, ou peut-être a-t-on tout simplement rêvé qu'un jour toute cette affaire ne serait qu'un mauvais souvenir dont Jeannot ne garderait qu'une fine cicatrice à la hauteur de la tempe. Mais s'il restait un mince espoir vendredi soir, samedi à six heures du matin, il s'est évanoui à jamais.

Jeannot est mort un samedi, comme Jim Morrison. Mais quand j'y repense, je me dis qu'il était probablement déjà mort vendredi matin quand il a pris place dans la Ford bleu marine avec Luc Sicotte au volant et trois autres types aussi cons et révoltés que lui. Jeannot ne savait pas qu'il courait vers sa mort mais je me demande jusqu'à quel point, au plus profond de lui-même, il ne le souhaitait pas un peu. Mourir pour la cause, mourir en héros, la belle affaire.

Armée de fusils et de cagoules, la bande a pris la direction de Saint-Profond-des-Creux avec l'intention de braquer la caisse populaire du village. Celle où Jeannot m'avait envoyée changer un vingt dollars. Ils y sont arrivés vers dix heures du matin, mais avant de commencer l'assaut, ils ont roulé jusqu'au bureau de poste. Jeannot est alors descendu de la bagnole avec ses acolytes et, armés de pinces, ils ont sectionné tous les câbles des poteaux de téléphone derrière le bureau de poste. Ils ont aussi sectionné ceux des poteaux électriques un peu plus loin.

Influencés – pour ne pas dire totalement obnubilés – par les techniques des Tupamaros de l'Uruguay, une bande de guérilléros très à la mode, ils se pensaient pas mal bons en admirant les fils et les câbles coupés qui pendouillaient dans le vide comme des pantins.

Selon les tactiques de leurs héros uruguayens, ils auraient dû normalement prendre d'assaut le poste de police du village où devaient somnoler deux agents de la police provinciale. Mais puisque les communications avaient été neutralisées et l'électricité coupée, s'en prendre aux deux flics aurait été une pure perte de temps. Du moins c'est ce que leur a fait valoir Sicotte, qui avait étudié le plan à fond et qui semblait savoir de quoi il parlait. Devant l'évidence de ses propos, la bande a rembarqué dans la Ford en faisant claquer les portières. Direction : la caisse populaire.

Pendant que Sicotte faisait le guet au volant, Jeannot et les trois autres types sont entrés comme un ouragan dans la succursale à l'ambiance soviétique. En les apercevant, une des deux clientes s'est évanouie. L'autre a levé les mains en l'air, imitée dans son élan par les deux caissiers et le gérant qui ont ajouté à leur geste de soumission des supplications paniquées : « Ne tirez pas, s'il vous plaît, ne tirez pas ! »

Jeannot a sauté par-dessus le comptoir et, ouvrant grand un sac, a demandé à une des caissières, qui tremblait comme une feuille, de vider les tiroirs-caisses. Une fois le maigre butin déversé dans le trop grand sac, Jeannot s'est tourné vers le coffre-fort un peu en retrait et qui devait en principe leur rapporter une fortune. Manque de chance, les gars de la Brink's étaient passés la veille. Le coffre-fort était vide. Bravo les *boys* ! Les Tupamaros seraient fiers de vous. Même pas foutus de voler une vraie banque avec du vrai *cash*.

Un an et des poussières plus tard, grâce à Marie-T. qui avait décidé de mener sa propre enquête auprès des autorités, nous avons appris que le manque d'espèces sonnantes et trébuchantes n'était pas la seule erreur de ce braquage. En faisant mine de refiler de l'info sur son frère, Marie-T. avait découvert que la plus grosse et la plus grave erreur du braquage était au volant de la Ford bleu marine. Jeannot et ses trois révoltés l'ignoraient, mais Luc Sicotte, le conducteur et fidèle complice des assemblées politiques de l'UQAM, était peut-être un révolutionnaire la moitié de la journée, mais l'autre moitié, c'était un indicateur. C'est un flic qui a appris la nouvelle à Marie-T. en lui faisant jurer de garder le secret. Marie-T. jura avant de s'empresser de tout nous raconter.

Ce n'est pas un hasard si Luc Sicotte avait conseillé à ses acolytes de laisser tomber le poste de police. Si les trois avaient entrepris d'entrer dans le poste dans le but de bâillonner et de ligoter les deux agents somnolents de la police provinciale, ils auraient découvert un poste rempli d'agents sur le pied d'alerte.

Armés jusqu'aux dents et parachutés de Montréal à Saint-Profond-des-Creux, une demi-douzaine d'agents n'attendaient que le signal pour passer à l'action. Quand ils ont vu filer devant le poste la Ford dont ils avaient la description et le numéro de plaque, ils n'ont fait ni une ni deux. Ils sont sortis en catimini, leurs armes chargées et prêtes à tout pulvériser sur leur passage. Comme la caisse populaire était à quatre portes du poste, les agents sont partis à pied, puis se sont dispersés et cachés derrière les véhicules garés devant la banque. Deux d'entre eux ont pris en charge Luc Sicotte en faisant semblant de le forcer à sortir de la bagnole pendant que lui faisait semblant d'être surpris.

C'est la première image que Jeannot et ses amis ont vue en poussant la porte de la caisse : Sicotte menotté et se débattant.

La sagesse, la prudence ou, disons-le franchement, l'intelligence aurait été de rendre les armes sur-le-champ, d'être arrêté, jugé, de passer dix-huit mois en prison et après d'avoir toute la vie devant soi. Mais les quatre braqueurs et émules des

Tupamaros n'étaient pas intelligents en plus d'être des bêtes traquées et paniquées. Comme les flics avaient oublié de couper le moteur de la Ford, ils ont sauté dans le véhicule et sont partis sur les chapeaux de roue, deux en avant, Jeannot et le dernier sur le siège arrière.

Les flics se sont précipités vers leurs propres véhicules, et comme dans un mauvais western, ils les ont pris en chasse sur la route de campagne à la sortie du village. Au début de cette poursuite furieuse, les flics visaient les pneus de la Ford. Mais à mesure que la bagnole prenait de la vitesse et menaçait de les semer, ils se sont mis à tirer sans discernement. À viser pour tuer. Les passagers de la Ford n'étaient-ils pas tous également coupables ? Ne méritaient-ils pas tous de mourir ?

Deux flics ont réussi à rattraper les fuyards et, s'engageant dans la voie inverse, se sont retrouvés directement à la hauteur de la Ford. Le flic du côté passager a alors armé sa carabine et tiré. La vitre arrière a éclaté en mille morceaux. Jeannot a reçu le projectile dans la tempe gauche. Sa tête, violemment projetée vers l'arrière, s'est affaissée, le cou cassé, le corps tout mou. Le type sur la banquette à côté de lui s'est mis à crier comme un hystérique tandis que la bagnole fonçait à deux cents milles à l'heure pour s'éloigner des flics.

Dans un mouvement brusque qui a failli faire capoter la Ford, le conducteur a quitté la route de campagne et s'est engagé dans un champ de blé d'Inde qui n'avait pas encore été récolté. Fouettée de part et d'autre par les hautes tiges qui battaient contre les vitres, la Ford s'est creusé un chemin cahoteux et inégal à travers une forêt d'épis. La bagnole avançait furieusement, fendant les flots de cette jungle verdoyante tandis que Jeannot gisait inconscient, un geyser de sang fuyant de sa tempe. Et puis, subitement, un filet de fumée s'est échappé du capot de la bagnole, qui s'est mise à crachoter. Au même moment à l'horizon est apparu le mur menaçant d'une moissonneuse-batteuse qui avançait directement sur les fuyards. Comprenant qu'il n'y avait pas d'autre issue que la fuite à pied, le conducteur a invité ses acolytes à sauter du véhicule en marche. Les trois étaient convaincus que Jeannot était déjà mort et n'ont éprouvé aucun remords à l'abandonner à son triste sort sur la banquette ensanglantée. Ils ont fui dans toutes les directions comme des poules sans tête tandis que la Ford crachotait une dernière fois avant de rendre l'âme à quelques mètres seulement de la moissonneuse-batteuse.

Quatre flics ont débarqué du monstre agricole, encerclant la Ford toute cabossée où Jeannot n'était pas encore tout à fait mort. Son pouls était faible. Il lui restait une dose homéopathique de vie, une dernière étincelle dans la noirceur rampante. Une ambulance a été appelée. Elle a mis une éternité à se faire un chemin dans le champ de blé d'Inde. Les fuyards n'ont pas réussi à s'enfuir très loin avant d'être pris en souricière par les flics et arrêtés.

Transporté à l'Hôpital du Sacré-Cœur, Jeannot a rendu l'âme le lendemain, un samedi.

S'il pouvait témoigner depuis sa tombe, Jeannot affirmerait probablement qu'il est mort en héros, mort en martyr de la révolution. Mais ça, c'est des mots pour épater la galerie et pour mettre de la poudre d'étoiles dans la poudre à canon. La réalité, c'est que si Jeannot avait été honnête avec lui-même, il aurait admis que lui aussi, comme son grand frère, était mort pour rien. Mort comme un cave.

Pour la deuxième fois en cinq ans, les Chevrier perdaient un fils. Les causes des décès n'étaient pas les mêmes, mais les excès dus à la jeunesse des défunts expliquaient en partie pourquoi les deux étaient partis si vite au début d'une partition qui demeurerait à jamais inachevée.

Pour la deuxième fois en cinq ans aussi, les Chevrier se retrouvaient au salon funéraire devant un nuage de satin blanc d'où dépassait le visage trop grimé d'un fantôme. Pourquoi ils avaient choisi un cercueil ouvert, je me le demande encore. Jeannot aurait certainement désapprouvé, lui qui considérait l'industrie funéraire comme le dernier bastion d'un capitalisme morbide et exploiteur, suçant à l'os la douleur des vivants pour mieux faire monter le prix des morts. Il aurait de loin préféré se retrouver à la fosse commune avec les sans-abri et les sans-médaille. Mais d'où il se trouvait maintenant, Jeannot n'y pouvait plus grand-chose. Il devait se résigner à une dernière représentation sur terre dans son cercueil à ciel ouvert.

M. Chevrier accueillait famille et amis à la porte du salon, stoïque et d'une volubilité anormale pour un homme de peu de mots. Mme Chevrier, effondrée dans un coin, pleurait à intervalles réguliers, son chagrin actionné par une sorte de minuterie intérieure. Elle était soutenue par ses deux filles qui, les yeux rouges et les traits tirés, vivaient leur deuil, chacune à sa manière. Élise s'abandonnait à son chagrin en pensant avec affection à ce grand frère bourru qui la prenait sur ses épaules quand elle était plus petite et qui l'avait consolée à la mort d'Antoine en lui jurant qu'elle n'y était pour rien. Elle traînait avec elle un petit carnet où elle lui dédiait chaque jour, depuis sa mort, un poème.

Pour Marie-T., c'était plus difficile d'accepter la mort d'un frère militant, animé par le même idéalisme et la même soif de changement qu'elle. La différence entre les deux, c'est que Marie-T. n'avait jamais envisagé de prendre les armes pour accélérer le cours de l'histoire. Jeannot, lui, n'avait jamais vu d'autre solution.

Quand je me suis approchée de son fantôme noyé dans son nuage de satin blanc et entouré de gerbes sucrées de chrysanthèmes à l'odeur écœurante, tout, absolument tout, m'est revenu avec une acuité foudroyante : ses évasions nocturnes, ses disparitions de plusieurs jours, ses déclarations fracassantes sur l'exploitation du peuple par les *big boss* de la finance, sa défense du FLQ à la mort de Laporte, la vente de sa guitare, le pèlerinage au cimetière, sur la tombe de son frère, le pseudo-projet sur l'urbanisation des villages, la balade en bagnole à Saint-Profond-des-Creux où Jeannot m'avait invitée pas pour mes beaux yeux mais pour que je lui serve de caution en cas de contrôle policier. Ces événements épars et sans lien apparent, où Jeannot avait abusé de ma naïveté, n'avaient qu'un seul but : poursuivre le combat et faire la révolution entreprise par le FLQ.

Dans les journaux, à la télé, partout, ils disaient que la crise d'Octobre était terminée. Que la capture, le procès et la condamnation des felquistes avaient clos le dossier une fois pour toutes. Le mouvement, en pratique, n'existait plus, disaient-ils. Tout le monde pouvait reprendre le cours normal de sa vie.

Si seulement Jeannot avait suivi le courant au lieu de se braquer. Si seulement il avait accepté de rendre les armes et de passer à un autre appel, l'imbécile.

Quelle folie s'est donc emparée de lui et l'avait persuadé de reprendre le flambeau d'un FLQ agonisant? Quelle ridicule rhétorique l'avait convaincu qu'il réussirait à repartir la maudite machine? Pensait-il vraiment renflouer les caisses de l'organisation par des hold-up amateurs, perpétrés dans des villages sans le sou. Le braquage de la caisse populaire de Saint-Profond-des-Creux lui avait rapporté la somme de sept mille cinq cents dollars. Mort pour le prix d'un camion, la belle aubaine! Les mots ont beau changer, les causes et les circonstances aussi, les Jeannot de ce monde y succomberont encore et encore. Comme des caves.

Le son aigu d'une volée de cloches a accompagné la lente sortie du cercueil, porté par une demi-douzaine de croque-morts aux visages glabres et aux gants blancs. Sur le parvis, Mme Chevrier était inconsolable, puisant des réserves sans cesse renouvelées de larmes qui mouillaient des milliers de mouchoirs en papier pendant que le cercueil de son fils disparaissait au fond du corbillard.

À ses côtés, M. Chevrier fumait à la chaîne, l'air perdu, effaré, égaré, plus vraiment de ce monde. Je ne lâchais pas d'une semelle Élise et Marie-T. qui se tenaient par la main et se soutenaient physiquement, se tournant vers moi quand leurs forces venaient à manquer, ce qui à tout coup faisait jaillir les larmes et les sanglots. La peine est une maladie contagieuse, surtout quand elle se double d'un chagrin d'amour : mon premier. À peine fleuri, déjà mort et enterré.

L'ironie du sort a voulu que le cortège funèbre emprunte Côte-Saint-Antoine avant de tourner sur The Boulevard. Si

Jeannot nous regardait d'en haut, il devait pester. Être obligé de défiler, mort, chez ceux qu'il détestait le plus au monde, au milieu d'un quartier honni qu'il rêvait de pulvériser, relevait de la plus cruelle ironie. Mais ironie pour ironie, qui sait si Jeannot ne prenait pas plaisir à narguer les *big boss* du Boulevard en leur imposant le spectacle de sa dépouille chez eux, sur leur territoire. Lui qui avait voulu tous les faire sauter, voilà qu'ils étaient obligés de s'arrêter sur son passage et de lui rendre un dernier hommage.

Le cortège a pris le chemin que j'avais emprunté il n'y a pas si longtemps avec Jeannot. Et il a fini son lent voyage au même endroit, devant la tombe de granit gris pâle d'Antoine, à côté de laquelle un trou avait été creusé.

Jure-moi que c'est pas vrai, Jeannot. Jure-moi que t'es pas mort. Jure-moi que t'es parti en cavale et entré dans la clandestinité avec tes amis révolutionnaires. Jure-moi qu'un jour, dans quarante ans, on se retrouvera quelque part à Montréal et qu'on ira prendre une bière ensemble en se rappelant le bon vieux temps et en s'en moquant gentiment. Jure-moi, Jeannot, que j'ai rêvé cette fin absurde. Jure-moi que tu reviendras.

Mais Jeannot n'est jamais revenu, ni à Montréal ni rue Marcil. Non plus que la voiture noire suspecte qui le surveillait depuis le début de l'été. L'empreinte digitale de Jeannot avait été retrouvée sur le détonateur d'une des bombes désamorcées à Westmount. La police aurait pu l'arrêter. Elle l'avait déjà fait pendant quelques heures un an plus tôt avant de le relâcher en lui laissant croire qu'ils n'avaient rien sur lui. Jeannot n'en avait jamais parlé à ses parents ni à ses sœurs. C'est ainsi qu'il avait pu continuer ses petites manigances sans que personne de sa famille en sache rien. La police, elle, l'avait à l'œil. Après les bombes à Westmount, elle aurait pu l'arrêter sur-le-champ, l'envoyer en prison et le sauver de lui-même, en somme. Mais la police protégeait son indicateur, l'ami à deux faces de Jeannot. Et même si Jeannot avait pas mal plus de cœur que le fourbe à Sicotte, aux yeux des autorités policières il n'était qu'un pion dont elles pouvaient disposer à leur guise. Son existence n'avait d'importance que si elle leur était utile. C'est pourquoi ils ne l'ont pas arrêté. Pourquoi ils l'ont laissé planifier ses mauvais coups et courir à sa perte.

Jeannot n'est pas mort pour rien. Il est mort pour moins que rien.

Nous avons quitté la rue Marcil un an plus tard. La maison rappelait trop de mauvais souvenirs à mon père qui, de toute façon, était en train de refaire sa vie avec une autre femme et préférait la refaire quelques rues plus loin. Ma mère, qui avait vécu quelques mois au centre-ville, est revenue s'installer dans le quartier pour être plus près de ses enfants. Mais comme elle travaillait toujours autant et voyageait beaucoup, on ne la voyait pas plus souvent.

J'ai fini par accepter la séparation de mes parents et par me convaincre, à mon cœur défendant, qu'ils ne reviendraient jamais ensemble. J'y avais cru au début. Je l'avais espéré ardemment, mais la mort de Jeannot m'a fait voir l'inexorable brutalité de la fin. Grâce à lui, je savais désormais que ce qui part n'est pas toujours assuré de revenir.

Je fréquentais encore Élise et Marie-T., mais ce n'était plus comme avant. Marie-T. avait sublimé ses penchants de tragédienne en se joignant à une troupe de théâtre engagé. Elle y passait le plus clair de son temps. Élise et Antoine formaient désormais un couple officiel. Ils insistaient souvent pour m'inclure dans leur bulle. La plupart du temps, je déclinais poliment leurs invitations. Les rares fois où j'ai accepté de me joindre à eux, j'ai toujours fini par me sentir de trop. Restait les matins et les après-midis d'école où je retrouvais Élise sans Antoine. Mais un malaise diffus planait sur ces moments de complicité qui, au lieu de nous rapprocher, ne faisaient que nous rappeler la dévastation de l'été.

J'ai quand même continué pendant un temps à faire honneur au pâté chinois de Mme Chevrier. C'était plus par nostalgie que par plaisir, car une fine pellicule de tristesse recouvrait désormais la salle à manger où les conversations étaient forcées et les silences, pesants. M. Chevrier n'émettait plus un son, même pas pour se fâcher, ayant définitivement tourné le dos aux mots qui auraient pu exprimer la profondeur de son chagrin et l'en soulager.

Mme Chevrier avait beau maintenir une façade grégaire, celle-ci se lézardait toutes les fois que son regard butait sur la place vide de Jeannot.

L'été 1971 a été une cruelle leçon de vie. Inauguré avec la mort de mon idole, il s'est terminé par la mise en terre d'un premier émoi, d'un premier élan, d'un premier amour. Entre les deux, une explosion nucléaire a dévasté ma famille, creusé un cratère dans la maison et ébranlé à jamais ses fondements.

J'ai perdu quelques illusions mais j'ai gagné une nouvelle force de caractère. Après tout ce qui s'était passé, plus grand-chose ne pouvait me surprendre ni me troubler, même pas la mort. Jim Morrison avait raison. Il n'y a pas lieu de craindre la mort. La mort arrive quand elle veut bien arriver. Jeannot l'a trouvée sur une route de campagne à la sortie d'un village. Il est parti main dans la main avec elle. La mort est un point final. Une fois qu'on l'a atteint, on ne sent plus rien. On est libre, léger, transparent comme une bulle d'air ou de savon.

La vie par contre est plus capricieuse. Des fois, elle nous fait du bien, mais la plupart du temps, la vie fait plus mal que la mort. Jim avait raison, mais il avait tort aussi. Car à quoi bon vivre si l'on ne ressent rien, si on ne saigne pas un peu, si on ne déchire pas par en dedans. Avoir mal, n'est-ce pas la preuve qu'on est vivant ?

Au cimetière sur la montagne, j'ai pris une poignée de terre à côté du trou qui allait bientôt avaler Jeannot. La terre était d'un noir profond, humide, fraîche et presque vivante. Elle me rappelait avec tendresse la magnifique bataille que Jeannot et moi nous étions livrée en roulant dans ses vagues et ses vallons, emportés par la joie enfantine du moment.

J'ai pétri la terre avec mes doigts, le temps qu'elle me rentre dans la peau et les ongles. Puis, au lieu de la lancer sur le cercueil comme le veut le rituel, je l'ai glissée dans la poche de mon imper. J'ai regardé autour, personne ne m'avait vue faire. Tout le monde était à son chagrin et à sa désolation. Alors j'ai pris une autre poignée et j'ai glissé mon poing fermé rempli de terre fraîche dans l'autre poche.

J'ai soufflé un dernier baiser à Jeannot et me suis dirigée vers le cortège funèbre qui était sur le point de s'ébranler. Les Chevrier formaient une coupole de corps prostrés, debout entre les portes ouvertes des limousines. J'ai serré Mme Chevrier dans mes bras, puis mes deux amies, pâles et chancelantes de chagrin. Mais plutôt que de refaire le trajet avec elles à bord de la limousine, j'ai décidé de marcher. J'avais besoin de ça. Besoin de rompre les rangs, de m'échapper du peloton.

J'ai redescendu la montagne à pied, les mains dans les poches et les poches pleines de terre. Je pleurais mais il y avait aussi de la joie et de la gratitude dans ma peine, du soleil dans mes larmes, du ciel bleu dans mon deuil, comme si la mort de Jeannot m'avait ramenée à la vie ou du moins fait comprendre à quel point cette vie était pré-

cieuse, inestimable, irremplaçable et tellement fragile qu'il fallait en prendre soin et
l'aimer furieusement.

Je me suis retournée. Le convoi funèbre
s'amenait lentement au loin, semblable
à une chenille désarticulée. Plutôt que de
l'attendre, j'ai coupé à travers champs et
pris la direction contraire. Je ne savais pas
encore ce que le destin me réservait. Je
savais seulement que mon adolescence était
bel et bien terminée et que, devant moi, il y
avait ma vie.

CRÉDITS ET REMERCIEMENTS

Les Éditions du Boréal remercient le Conseil des arts
du Canada pour son soutien financier ainsi que le Fonds
du livre du Canada (FLC).
Canada

Les Éditions du Boréal sont inscrites au Programme d'aide
aux entreprises du livre et de l'édition spécialisée de la SODEC
et bénéficient du Programme de crédit d'impôt pour l'édition
de livres du gouvernement du Québec.
Québec ⬛⬛

Couverture : Photomontage réalisé à partir
d'une photographie d'Hannah Mentz/Corbis.

Ce livre a été imprimé sur du papier 100 %
postconsommation, traité sans chlore, certifié ÉcoLogo
et fabriqué dans une usine fonctionnant au biogaz.

MISE EN PAGES ET TYPOGRAPHIE :
LES ÉDITIONS DU BORÉAL

ACHEVÉ D'IMPRIMER EN MARS 2016
SUR LES PRESSES DE MARQUIS IMPRIMEUR
À LOUISEVILLE (QUÉBEC).